JN083510

イーハトーヴへの憧憬

田口 光太郎
TAGUCHI Kohtaro

文芸社

目次

プロローグ

私と宮沢賢治との最初の出会いは小学校の教科書でした。例の「雨ニモマケズ……」でしたが、この時は、まだ私が鈍かったのでしょう、心の琴線に触れるものではありませんでした。

そして、中三の時、衝撃的な再会を果たすのです。『春と修羅』の中の「永訣の朝」です。読み進めば進むほどに彼の、妹に対する心情がひしひしと胸に迫り、不知不識(しらずしらず)目頭を押さえることもしばしばでした。

その時、教鞭をとっていたのが後述する暴力教師、H先生。その評判とは裏腹に、彼の授業は実に分かりやすく、浅薄な私たち生徒の心にも深く染み入るような解説をしてくれたのでした。

高校時代、宮沢賢治のことは一旦忘れかけていたのですが、大学に入り、年を経るごとに全ての講義が机上の空論という思いが募り、何を学ぶべきか指針を失いかけていた頃、私の目に飛び込んできたのが、生協書籍部の宮沢賢治全集でした。

もう一度読み返してみよう、何かを見つけ出せるかもしれない。そんな藁にもすがる思いで必死にアルバイトして買ったものが、今も私の本棚に鎮座ましましております。

「永訣の朝」を記した折、賢治は気付けなかったのではないでしょうか。とし子を静かに抱きしめるだけでよかったのです。その腕の中で、息を引き取らせるべきだったのです。

とし子との別れの場面を切々と綴ったあの文章、〝あめゆじゅとてちてけんじゃ〟

妹とし子の兄賢治に対する最後の甘えの言葉。

彼女は美人で、しかも才媛でした。そんなとし子を賢治は誰よりも愛していたであろうことは想像に難くありません。

目の前で朽ち果てようとする妹を見ても、何の手も差し伸べてやれぬ自分を賢治はいかに呪ったことか。

やがて時は、無情にも二人を永遠に引き離してゆくのです。

そしてのちに、私も同じような経験をすることになろうとは……。

私も妹とは大の仲良しででした。小学低学年のある夏の日のこと、父から二人での桃の買物を言いつかりました。それを購入したのちの帰る道すがら、妹に一口せがまれたのです。

「一口だけだぞ」

一口で済むわけなどありませんでした。二、三分ごとにあと一口、あと一口とせがまれ、家に着く前に一個なくなっていました。もう一個は死守しました。

父に正直に話すと、何も言わずに許してくれました。当時は怒られなくて済んだという安堵感だけでした。父は見込んでいたんだと思います。こういう結果を。一個だけでも盆棚に供えられればいいと。今にして思うのです。父の気遣いの確かさ、そして心の温かさを。

ひるがえって、賢治は自分の地域に理想郷を作るべく孤軍奮闘しました。

そう、イーハトーヴ建設です。

当時、東北はたびたびヤマセにおそわれ、耐寒品種の改良の遅れと相まって、主力である稲作は不作の連続でした。そんな気候を好転させ、豊作に導こうと一人、死を選んだ教師を描いたのが「グスコーブドリの伝記」です。これは後期の傑作とも評されています。

賢治は貧しい農村を少しでも豊かにすべく、肥料会社で働くかたわら、施肥技術の向上、改良に力を注ぐのです。その結果、稲作などは従前に増し、豊作の恩恵に与（くみ）したのです。

そのような彼の実践力に強く心を動かされ、自分も故郷になにがしかの形でイーハトーヴを造れないだろうかという思いが、日を追うごとに増してきたのです。これが私の行動の原点になっております。

おいおい述べていきますが、宮沢賢治の目指すところとは少々色あいを異にするところもあります。

というのは、私の目指すものは、地域の人々の心をいやす場を提供することに主眼を置いているところです。つまり、四季折々、どんな時に来ても、なにがしかの楽しみを見いだせる。そんな場を提供したいのです。

例えば春には水仙、菜の花、かたくり、れんぎょう、桜など、黄色主体のグラデーションを作りたい。秋には栗、柿が実り、胡桃も落ち、アーモンド、ヘーゼルナッツが取り放題などというものです。冬にもなにがしかの楽しみを準備したいと思います。

今は長芋、レンコンと品数が少ないのですが、もう少し工夫の余地ありです。

そして発足したのが名付けて田口百姓農園花実山、決して福島のアレのもじりではありません。花を愛で、実も楽しもうという実に欲張りな農園です。

どうぞお立ち寄りの上、ゆるりとご観賞、ご賞味いただきたく。

幼少期

遊び

私の幼い頃は、団塊の世代がいたせいで、どこもかしこも子供だらけでした。集団での遊びといえば、まずかくれんぼ、石けり、缶けり、ベーゴマ、ビー玉、メンコ（パッツ）、かごめかごめ、縄とびｅｔｃ。とにかく遊びには事欠きませんでした。

遊び場所は大抵ガキ大将の家と相場が決まっていました。

兄弟姉妹、いとこ同士など少人数になると遊びの形態は一変します。一対一が多くなります。

一番ポピュラーなのがお医者さんごっこ。男女がペアになり男の子が医者、女の子が患者役です。女の子は下ばきを脱いで横たわり、男の子のモノの受け入れ態勢を取ります。子供の頃でもあのマサツ感は快感でした。

少人数での遊び自体が少ない中、ほぼ連日楽しんでいたような気がします。

いとこたちとのご挨拶もこれ。たまに会っても顔見知りなので、「はい、どーぞ」という具合でした。

長じて小学校中学年になる頃には、別の遊びにハマッていました。セックスごっこは自然消滅、あまり魅力的なアソビではなかったんですね。ま、宿題その他で多忙になるし、遊び自体のバリエーションがどんどん増えていったからなのです。


ひとり遊びをする場合、男子は大抵、魚釣りでした。

長じて小鳥に魅入られ、一心に竹ひごを引き、鳥かご作りに余念のなかった人もいましたが、釣りが多数派でした。これ用の竿は細い真竹をのし、できる限り真っすぐにしたものを使いました。テグス類は駅前の商店街のどこでも売っていました。

自分なりに仕掛けを作り、餌を付け、いざポイントへ投入。この頃は水も澄んでおり、水草のかげにはほぼ例外なく小鮒がいたのです。

喰いついた瞬間のあの感触。プルプルプルと必死に抗う小魚。

一度の釣行で一〇匹以上は必ず釣れたものでした。たまにナマズ、オイカワなどもかかりました。ウナギがかかると、大きさにもよりますが、ほぼ百パーセント、テグスを切られました。悔しいのなんの。

持ち帰ると母が捌いてくれ、食卓にのぼったものです。

おやつ

子供心にも空腹は切実なものがありました。昭和三〇年代初め、まだまだ食糧事情は良くありませんでした。加えて極貧農家の子沢山。

そもそも三度の食事以外、おやつの習慣などないに等しかったのです。当然、三度の食事のみでは子供たちの腹は満たされるべくもありませんでした。

例外がありました。農繁期です。この時ばかりは、手伝いさえすればタバコ（おやつ）にありつけたのでした。

それ以外の時期、皆が目を向けたのが季節折々の果物です。

初夏、もみじいちごが実ります。これはごちそうでした。プチプチ弾ける実、それと共にほとばしる果汁。

次がハタンキョウ（バタンキョ）、スモモです。みずみずしい果肉に歯を立てると、あふれんばかりの果汁、ほの酸っぱくも甘く、あー、いーがったなあ。

梅もけっこう食べました。青い未熟の実を食べすぎ、舌にブツブツができて、極度の食欲不振に陥ったこともありましたね。

あと、ウグイスカグラ、桑の実（くはんご）。桑の実をポケットにしまい、転んだ拍子にツブレて紫色の汁が着衣を汚し、帰っては怒られたり。

夏休み近くなると、マクワウリ、スイカなどをこっそり失敬したこともたびたびでした。大人たちは知ってか知らずか、そんな子供たちのオコナイは大目に見てくれていました。図に乗り、秋にはサツマイモまでやっちまっていたのです。

盆近くにはジャガイモ掘り。夏の盛りとて滴る汗を拭き拭き、やっとの思いで掘り上げるのでした。腐ったのに当たると大変。毒ガスコーゲキをもろに受けます。

そしてゆでじゃが。取り立てのそれを塩だけでいただくのですが、これがホクホクで何ともうまかったものです。子供ながら片手以上は頬張ったのでした（つまり五個くらい）。

秋はやはり柿。完全甘柿は当地には殆どなく、いわゆる「半きざわし」、甘かったり、渋かったりの不完全甘柿です。ウチにも一本あったのです。

それでも悪ガキたち（オリも含め）、熟期とみるや、その樹目がけてわらわらと登り、喰っている途中で持ち主に見つかり、進退極まって樹上でカタマッていました（お山のサル状態）。

うちの親父は見て見ぬふりをしましたから、これを幸いとしぶとく柿をポケットに入る限り詰め込み、主が去ると一目散に逃げたのであります。

栗は、口の脇にカイヨウが出るくらい生で喰いました。野ブドウも美味でしたし、そう、アケビも。

冬は、家庭にもよりますが、ほぼ干し柿を作ります。それも小粒で種の多い在来種。コチコチに乾いて硬くなったものでも、かじるとうまい。時にはそれが天ぷらで出てきたりしました。たまには塩水で渋抜きした柿も食しました。少し塩味が効き、これはこれで美味でしたね。

干し芋もありましたね。たまにしかお目にかかれませんでしたが。

今でも時々夢に見るのですが、通学路（小学校）の脇にさくらんぼほどの実をたわわにつけた木があるのです。現実には存在しなかったのですが、なぜかその実の感触は完熟のさくらんぼそっくりで、味もそれに近かったような気がしました（あくまで夢の中でです）。

なぜこんな夢を見続けるんだろうと不思議に思っていましたが、近年謎が解けました。暖地黄桃だったのです。

三年ほど前、定植したそれが、今年はそれこそ枝も折れんばかりにたわわに実を付け、一個つまめばそれは夢に見たあの果物と瓜二つ、感触も、味も。予兆夢（デジャヴ）を見続けていたのですね。かくして夢は実現したのでした。

小学校時代

クソ事件

小一の時のことです。

休み時間に校庭で遊んでいると、裸足の裏に違和感。なんと、野グソを踏んでしまったのです。途方に暮れていると、近くの悪ガキが、この娘の後ろにノゴレ（なすりつけろ）と唆すのです。

やっちまいました。

教室に帰ると担任のM先生が、ものすごい形相で光太郎、来なさい！

首もとをつかまれ、二年生の教室に放り込まれました。

この人に謝りなさい！　再び叱咤。お前は人に言われたら何でもするのか！　死ねといわれたら死ぬのか！　こんなことしていいと思っているの！

素直すぎるのも考えもの、人にいわれたことを何の疑いも持たず実行するのは母ゆずりの性格でした。

担任にせかされつつ、おねえちゃんごめんね、おねえちゃんごめんね、おねえちゃんごめんね……。泣いて謝る私に彼女はただただ戸惑うのみ。

許したいのと、そうできぬ自分のもどかしさから、ただただうつむくのみ。

その夜、父は件(くだん)の娘の家に詫びに行きました。

学芸会

これも一年の時、三つの斧の朗読をやりました。

サゲにかかるあたりでのマグネシウムフラッシュのまぶしいこと。少しばかり頬が熱くなるのを感じました。生まれて初めてアガルということを経験したのでした。

終わると万雷の拍手。後で聞けばかなりの説得力のある朗読だったと。ただの棒読みでなく普段しゃべっているように朗読できたのでした。

それも感情込めて、巧まずして読了できたからの評価だったのでしょう。

性の目覚め

ある日の登校途中（秋口だったかなあ）、上級生に呼び止められました。その人は通学経路を大幅に外し、私を追って来たのです。そしてやおら傍らの薮の中に引き込み、パンツを下げさせたのです。そして後ろ向きに尻を突き出せといわれ、為すがままになりました。そのうちにケツメドのあたりに生ぬるい液体がぴゅんぴゅん当たって糸を引くのです。更に続けてケツメドに何か熱いものが当たり、彼は前後に腰を振り、いわゆるオマスをかき始めたのです。

その時の私のチンチンはなぜかギンギンにいきり立っていました。こんなことが三、四度ありました。

小五の冬頃、何故か妙にチンチンが立つのです。風呂ででした。それで小三の頃の件の思い出を基にいきり立つそれをしごいてみたのです。

見るまにそれは（いきり立って）見事に大きくなりました。しごきを増すにつれ、押し寄せる快感。

ああ、あの人はこれを感じていたんだなあ、などと思っている間もなく上りつめてしまいました。その後の五、六秒、絶頂感が続く、続く。

天にも昇るそのココチのまま、なおもしごくと、大砲もかくやと思えるくらい大量のスペルマがドドドーン。その瞬間私の脳ミソの半分くらいがブッ飛ぶくらいのカ・イ・カ・ン。

性の事始めのオハナシでした。

この行為に罪悪感を抱くようになるのはもう少し長じてからです。今にしてみれば抑えつけてどーすんのっつー感じですけどね。

運動会及び各種競技会

はっきりいって（いわずとも）運動会は大嫌いでした。

なぜなら足が遅かったからです。まずビリは確実で、組み合わせが良い時のみブービー、情けなや。

それでもバラエティは得意な方でした。

例えば神輿かつぎ大会なるものがプログラムに盛り込まれたことがあります。その折、オレたちのグループはいかにも楽しげに練り歩き、はやしに合わせて大うちわでアオル役はオレ。

見事な芸に観客の目を一身に浴びつつ試技を終えました。我々のチームはダントツの一位、嬉しかったなあ。

つまり小さい頃からお祭り男の才があったのでしょうね。

この他に秋には模型飛行機大会がありました。

当時のライトプレーン、つまり竹ひごを組みそれに紙を貼って作るゴム動力のプロペラ機。これ、意外とバランス取るのが難しく、手先の器用な（エヘン）オレは難なく作り上げ、けっこう飛距離も出せるモデルを作出したのです。

級友たちにもアドバイスを送り、できる限りライバルを多くしてタタカイに臨んだのでした。フェアですねえ。

そして運命の日。一斉に飛び立ったライトプレーンは弧を描きつつ、あるいは一直線に、思い思いの方向へと飛び立ったのです。

上手に作るとある一定の半径を保ち、円形飛行をするのですが、どういうわけか仲間の二機が天高く舞い上がり、学校裏の杉林上空で姿を消してしまったのです。オレの愛機はほれぼれするような円軌道を描きつつ優雅に舞いながら、次第にその円と高度を狭めながら着地してきたのです。ソフトランディングです。

完璧でした。誰もがトップを疑いませんでした。結果は、と見ると、なんと行方不明機二機が一、二位。オレのはなんと三位。悔しくてその日の昼メシは喉を通りませんでした。

子供心にこのような理不尽を押しつけられるとグレたくもなりますよね。けれどもグレるのが怖くて、結局スナオな自分のままでした。いつまでたってもです。

水泳

夏の定番でした。当時はミズアブリといっていました。

夏休み前、地区の大人たちが遊泳地となる川のゴモク刈り（水草刈り）をしてくれました。そして一夏の娯楽を提供してくれるのです。晴れていればほぼ連日、唇がそれこそブドウ色になるまで遊びほうけました。

ある時、水の中から顔を上げるとマッパの女の子が立っているではありませんか。よく見ると大きなマサカリキズが……小一の娘で今回が初めてだったのでしょうか。水関係に入る時はマッパと刷り込まれていたのかも。

それでも子供心にフロに入んじゃねーど、とも思ったものでした。

不思議にその子とお医者さんごっこなどという連想は湧きませんでしたね。その子は川向かいの豪農のバッツ（末っ子）娘だったにもかかわらずです。それよりか、こちらにも選ぶ権利はあったっつーことでしょうかね。

川の流れは潜れば二〜三メートルほど先までも見通せるほど澄んでいました。時折、目の前を小魚が横切るのも見えましたし、川床を掘ればそこはきれいな川砂で、濁りもあまり立たず、難なく大きな蜆をいくつも取ることも可能でした。

ある時、遊泳中に便意（大）を催し、事もあろうに上流でやっちまいました。近くの草むらという手もあったのですが、そこで屈んでいれば見つかるのは火を見るより明らか、なぜならその当時は農家では例外なくなにがしかの家畜を飼養していて、その餌として常時きれいに刈り込まれていたからです。露顕するに時間は要しませんでした。

なにせプカプカ浮いて流下していったのですから。浮くくらいのそれは健康体からの生産物に外ならぬということは、それこそ退職間際に知りました。沈むブツは何らかの異常をハラに抱えている人からのものだそうで。

そして今、水浴場だった場所を見下ろせば、そこは泥が大量に積もったただの濁り水の流れです。何ともひどい状況、昔日のおもかげすら残っていません。

こんな川を、もう一度あの頃の清流に戻してみたいと思っているのは私だけではないでしょう。取り戻そう、あの頃の清流を！　でもこれは少しくハードルが高いのです。

田植え、代かき時の泥水、はたまた宅造と、様々な要因がフクザツに絡んでいるので一筋縄では収まりません。

でも立ち上がってみようではありませんか、心ある人々よ。

中学校時代

犬事件

中学に入学すると、私たちの教室は高城川を見下ろせるいわゆる東校舎でした。川面から一メートルくらいの水深をすかして水底がきれいに望めました。

秋口になり一面に広がった黒い影が川を遡っていくのです。目を凝らせばそれはワカサギの大群でした。何万匹とも知れぬその群れは竜のようにうねりつつ、ひたすら上流を目指すのでした。

それは春の大潮の頃の出来事でした。川底があらかた現れた頃、一人の悪ガキが川底を掘っていました。

蜆があるぞー！

もう皆してこぞって裸足で川に入りそれこそ取り放題。ところが入れ物がない。仕方ないので靴下やら上ばき入れに詰め込んで持ち帰ったのです。

秋にこの川に異変が起こりました。水かさの増した川の中になんと犬が座していたのです。

放課後、五組（オラの組）と六組の数人が救出にかかりました。棒切れや、縄を投げるも、届いても犬はくわえてくれません。

見かねた一人がガクランを脱ぎすてドボン、犬を救出したのです。その後、近くにあった稲杭で急ごしらえの担架を作り、犬を乗せて近くの獣医に向かったのです。

その犬は白のけっこう大きな犬で、どうも車に轢かれ、腰を痛めたらしく全く歩けない状態。獣医の所に着いて診断結果を待つ間、私はずっと犬の濡れた毛を拭き続けていました。

一緒にいた女子が牛乳とビスケットを買ってきて犬に与えましたが喰いません。仕方ないので私が手から与えるとなんと喰うではありませんか。

拭いてもらったことで警戒心が解けたのですね。女子たちは一様にセン望の目。

翌日獣医を訪うと犬がいない。

聞けば腰の骨の複雑骨折で再起は無理と判断、保健所送り（つまり安楽死）にしたんだと！

目の前が真っ暗になるのを感じました。一緒の級友たちも皆同じ想いだったことでしょう。教室に帰ると一人の女子が泣きじゃくるわ泣きじゃくるわ。私も涙をこらえるのが精一杯で、彼女には気の利いた一言をかけることも叶わなんだ……。

後日談として、彼女は私に恋文をしたためたそうな。

それがために彼女は級友たちからからかわれ、この恋は実を結びませんでした。

バスケット部

程なくして、身長コンプレックスの私は、バスケットをやれば背が伸びるという俗言にかられ入部してしまうのです。そして二年の時、県大会出場を果たし、三年目で男女ペア優勝という栄冠を勝ちえたのです。

これひとえにM・S（新任のセンセー）という優秀なコーチに負うところが大です。

私は常にホケツ、結局背は伸びませんでしたがね。

これには続きがあります。

三年の時、当時成績一、二を争う二人が共に入部してきたのです。私は常に№3でしたが、どうも彼らはその謎に迫りたくて入ったようなのです。

なぜって、激しい練習に明け暮れていた私たちを見て、本当に勉強する時間はあるのかと確かめに来たようなのです。

事実、オラはあまり自宅学習などしていませんでした。宿題をこなすくらいで予習復習一切なし。これで№3が不思議でならんかったらしい。結局、№1、№2は抜きつ抜かれつでオレは安定№3でした。

遠征試合も二、三カ月ごとにさせてもらいました。明星中と聖和学園（なんと高校）、門脇中（石巻にありました）……。中でも石巻からの帰り、駅前で食したソース焼きソバの美味だったこと！

この頃も依然としてオヤツには縁がなく、まさに昇天の思いでした。

マサシサン（コーチ兼社会の新任教師）、ありがとうございました。

暴力教師H

小柄で角刈、どちらかといえば体育会系かなという国語の先生、三年の時の国語で大当たり、授業を受けることになったのです。

始まると教室は水を打ったように静まり返り、しわぶき一つない。そんな中、指された級友がおどおどしながら本を読む声。

ややあって、この部分の親父の気持ちを言い表してみろとの質問。誰もが答えられぬ中、私に順番が回ってきました。

「煙草を吸い一安心した様子」と答えた私に先生はにやりと笑い、そのとおり、いかにも経験ありそうだなの一言。教室全体の空気が緩むのを感じました。そう、ジャン・クリストフの受験場面での父親のしぐさについてだったのです。

また、朝礼の時のこと、体育館に全学年が集まって行われるのですが、この時、長いおさげ髪の小太りの女子が、屠場に引かれる豚のごとく髪を引っ張られ壇上に上げられたのです。

見ろ！　これが遅刻常習犯だ！

気の毒の極みでまともに目を向けられませんでした。この教師は悪とみると見境なくビンタを張るので有名でした。今ならモンペアたちが黙っているはずもないでしょうが、当時は大らかなものでした。教師が躾、あるいは指導のために殴るなど当たり前のことと大多数の親たちは思っていたのですから。

そんなわけで彼は左遷させられることもなく無事年季を勤め、定例異動と相なった次第ですと。

三年三組という伏魔殿

三年の時、一年時に同クラスだったカカ（最近まで妻だったひと）とまた一緒になりました。それにつけてもこのクラスの討論好きは全校で評判でした。仲が良いとももとられ、また、不毛の議論ばかりという人も。とにかく何か問題があると放課後延々と討論会。

ある時は（初冬でしたが）帰る列車がなくなると泣き出す女子も出る始末。所詮全ての問題を解決できるわけもなく、討論は堂々めぐり。こんなことばかりやっていたのですが、結果、何でも言いあえる環境が自然に醸成され、男女の仲の良かったことも確か。

そんな中で八人ほどのグループが自然成立し、今もけっこうディープな付き合いを続けています。

サイクリング

三年の秋、もうすぐ進路を決めねばならぬこの時期に、こともあろうにオレはサイクリングを企画したのです。

九月中旬の好天の日、担任の引率の下、それは出発しました。よく許可してくれたもの。感謝のみ。

目指すは宮戸、月浜方面。R45を北上、左坂(あでら)を登り一路野蒜海岸を目指す。途中小野橋のたもとで休憩をとっていると、急な振り向きが災いして首をひねり、痛いのなんの。先生が心配してマッサージしてくれるも、一瞬目の前が真っ暗になるほどの激痛。こらえにこらえて、それでも無事昼すぎ月浜到着。

快晴の浜辺は青く澄み切った海を従え、あくまでも白く輝いており、強く印象に残りました。

帰路は逆コース。

野蒜の海浜でしばし女子ともたわむれる。猫のシャレコーベでキャッチボールをしたりしつつ、ここからは進路を東名方向に取り帰路につきました。

実は二週間ほど前に下調べ済みの道を辿ったのです。

秋の陽はつるべ落とし、文字通り中学校に帰り着く頃には、日はとっぷりと暮れていました。我ら北部組は旧東北線の跡地を道路に払い下げてもらった道を辿り、品井沼着午後六時半、あたりは真っ暗、それでも泣き言一ついわず全員完走したのでした。

ちなみに担任は小野橋でUターンしていました。信頼していてくれたんですね。

転校していったあの子

冬間近のある日、突然級友のY・I子が転校するとのこと。鉄道員（現ＪＲ）の娘だった彼女は卒業を待たずして別の学校へ。

別れの日、級友の有志でささやかな宴を張り、別れを惜しみつつ激励してあげたのでした。

その日は季節外れの大雪。校庭についたその足跡は別れを惜しむかのごとく小幅で何かしら重く、そして哀しく。近しくしていた一人の女子が付きそって行ったのですが、彼女のそれもまた似たり、でした。

その彼女ですが、いつの頃からかカカ（のちにカカ（家内）となる）と賀状の交換をするようになっていました。

そして、３・11の二年後開催のクラス会に、なんと四五年振りに顔を出してくれたのです。

別れたあの時とほとんど変わらぬ面立ちに、なつかしさが込み上げ、ついついマブタを押さえてしまったオレ。

三年三組ってかくも心の奥底に深く根付いていたのかと思うと、オレもあながち罪作りではなかったと、少しばかり安心もしている今日この頃です。

マラソン大会

毎年一〇月頃、全校参加の下それは取り行われました。一年の時はバスケット部に入部したてで、持久力もそんなにありませんでした。

コースは、前利府街道（県道利府松島線）を南下し、初原の浄水塔を右に見て、桜渡戸の上水道水源までの往復八キロメートル。女子はもう少し短かったと思いますが、気にも留めなかったせいで覚えていません（すみません、卒業生のミナサマ）。

号砲と同時にスタート、一キロメートルを過ぎるあたりで幸運にも先頭集団に残れました。

そのまま折り返し八人ほどが縦一列になってゴール、八位でした。

オレより上位に五小出身の小柄なT・S君がいて、オドリャータナー。

二年の時は少しずつ持久力も付き始め、最初から先頭集団に喰らいついていき、最後はバスケット部三人のデッドヒート。一～三位をバスケット部で独占したのでした。ちなみにオレは三位。

三年の大会は部活が終了した二カ月後でした。夏の県大会ののち我々は引退し、形ばかりの受験態勢に入ったのです。皆明らかに運動不足、我がクラスのマドンナはといえば、彼女もバスケット部だったのですが、人形の顔をビヤ樽に乗せたような（失礼！）お見事なお姿に変ぼうしていました。上位など望むべくもないことは火を見るより明らかでした。

結果はって？　彼女の名誉にかけてそれはヒ・ミ・ツ。

男子もその例にもれず、体がナマリ切っていたに相違ありません。スタートからそれはムザンな形で現れてしまったのです。かつてのライバルたちはずるずると先頭集団から落伍し、気付けば往路の浄水塔のあたりでオレが独走状態になったのです。

自分でも不思議でした。

今にして思えば何のことはない、食料事情の差だったのです。

当時、まだまだ貧しかった我が家の食卓は一汁一菜でした。卵、魚はほぼ月イチ、カレーに至っては盆と正月くらい。肉？　ムリのムリでした。これではどうにも太れません。辛うじて食せたのが年越しの日、このディナーのメインディッシュはなんとすき焼き。ブタニクでしたが、子供心にそれはそれは美味しい、天にも昇る味わいでした。

そしてたまには盆などに卵を産まなくなった鶏をシメ、ガラで出汁をとり、かしわうどんにありつけました。美味でしたね。そしてモツ類は塩味のみの串焼き、これもこたえられませんでした。なにせ新鮮そのものでしたから。

肉不足が幸いしたのかどうか、スタートから体は非常に軽かったのです。そしてそのままゴール、何だか狐につままれた気分の大会でした。二年生の一位もバスケ部というので記録を聞けばオレより三〇秒早い。

現役と引退者の体力差を見せつけられた瞬間でもありました。

作曲大会

三年の晩秋の音楽の時間のこと、トンデモ課題が。ナ・ナント自由に作曲してみろですと。だいたいにして音楽的素養などツメのカスほども持ち合わせぬ我らにとり、それは苦痛以外の何物でもありませんでした。

それでも、音楽の時間にいわゆる名曲コンサートなどを（レコード演奏ですが）開いてもらい、少しは西洋古典音楽に惹かれ始めてはいたのですが、本当に死ぬ思いでスコアを仕上げ（たった八小節だったと思います）提出して、その時間は終わりました。

なんと、これが作曲大会出場の布石とは知る由もなし。

どういうわけか男子のみ学年から二人選ばれ、地区大会出場と相なった次第。オレと、一小出身のT・S君でした。

本番は七ヶ浜の中学校だったと思います。

この頃から当地区は芸術活動に力を入れていたのですね。

結果は、選外でした。つまりハズレ。

気の毒に思ったのか、先生方は我々の作った拙い曲を朝礼のたびに全員合唱することにしたのでした。何とも恥ずかしい、こんなヘタッピーな曲なのに……。

T・S君のそれはやや抒情的で、オレのはアップテンポの歯切れのよいものではありましたけれどね。

高校時代

読書の目覚め

実は私は、国語が大の苦手でした。理系は大好きでしたケドネ。

小学生時代の我が家は極貧でしたが、それでも正月の初詣での帰りには必ず本屋に立ち寄ってくれました。一冊限りということでしたが、それこそ欲しいものばかりで選ぶのに大層時間を費やしたものです。四年生頃からなぜか強烈に文字に渇え出し、新聞やら雑誌やらを片っぱしから読み返すようになって来ていたのですから、限りある文字では飽き足らず、学校の図書館へも入り浸り状態。こんな状態でも作文はズラモノ（マルデダメ）でした。文章を頭の中でまとめることができなかったのです。

これひとえに母の影響が大きかったのではないかと。

つまり母は理路整然と話すということを最も不得意としていました。そんな母に産まれ落ちてのち、六年間もぴったりと付き合えば思考回路もむりやり刷り込まれるというもの。

話し下手、文章下手はそこに根差していたのです。

こんなわけで他の教科に比し、国語の評価だけは芳しくありませんでした。

高校入学を機に一念発起というより同級のWの影響もあり、モーゼンと本にのめり込むのであります。

海外恋愛小説ばかりでした。

ジャン・クリストフ、はつ恋、片恋、車輪の下、ｅｔｃ。日本のものはなぜか表現がナマナマしくイマイチ近づく気にはなれない自分がありました。

当時の通学列車は薄暗く、細かい文字を追うにはあまり良い環境とは言えませんでした。そのために間もなく近視になり、メガネ必携の身となり果てたのです。

そんな通学時に一人の女子高生が、何やらオレに好意を持っていそうな雰囲気、ドンカンなオレでもそれはピンときました。

毎日同じ場所に乗ってきて顔を合わせるのみでしたが、でもこの時間には何かしら心温まるもので満たされるような、そんな気分にさせられるオレがいたのです。

こんな夢見心地も束の間、中学校のオナゴの同級生がこれをブチ壊したのです。何やら私に言いたいことがあったらしく、列車に乗り込むや、矢継ぎ早に大声で話しかけてきたのです。

件の彼女も目の前（近く）の席にいましたが、うつむいたまま悲しげな表情を見せていました。

次の日から彼女の姿はありませんでした。淡い春のうす雪のような恋の思い出です。

文化祭

男子校にとっては年一回、大っぴらに女子校に押しかけ片っぱしからナンパしまくることができるとても大切な（？）行事でした。

我々もその例にもれず、美人が多いとホマレ高いジョジョ高へ繰り出したのです。次にイチジョ高てな具合に。

頭の一女、顔の二女、体の三女（いや、変な意味ではなく、体操に秀でているという意味です。ニクタイではありません、断じて（？））と当時いわれていたものでした。

オレは化学部に在籍していたので、そちら方面を特に念入りに探求しましたぞ。

その結果、なかなかの掘り下げを見せた〇女、イマイチの〇〇女、どーでもいーかなーの○○○女でした。少しガックリ。

少し戻って前夜祭のこと。

この日は日頃我々生徒をいじめ抜いた諸先生方に最大限の敬意を表すべく、キャンプファイアーの前にお越しいただき、エイヤッ！　の合図と共に胴上げ。

次の瞬間、約一メートルの高さから尻から着地いただくという、手荒い仕打ちをお見舞いするのが恒例でした。その数、？人。

血祭りの後は演芸大会、腕を組んでのジェンカ、シメは応援歌、校歌斉唱、こうして祭りの夜は更けてゆくのでした。

友人たち

この高校では春はバス旅行があるのですが、秋にはクラスごとに行先自由の芋煮会が催されていました。

自由とはいっても、例えば泉ヶ岳の駐車場で放たれ、山に登るヤカラ、すぐさま食い物の準備にかかるモノドモと分かれるのです。

この頃は、山に登るヒトの気が知れませんでした。なぜって大汗かいて山登って何が楽しいんだろうと。

とにかく食欲のカタマリと化した我々は火を熾すのももどかしく、本日のメインディッシュ（ったって焼きソバだけだよ）の準備にかかったのです。

一応キャベツ、人参などを刻み、まずこれを炒めてから麺を投入、多分半生のを食ったんだろーなー。ま、腹がくちくなればそれで満足という単純極まりないノーミソしか持ち合わせぬ我々は、あとは何も欲しくないよっつーまで食うわ食うわ、あとはネルだけじゃあ。こんな芋煮（?）会でした。ま、学年が上がると本格芋煮もやりましたが。

三年の時、この秋の行事は雨の日に当たっちまいました。

喜んだのは皆一様、なぜって個々人の家でやって良いというオフレがあったのです。

何をするかといえば、それは唯一つ、サケです。オレたちのグループも塩釜のクラスメートの家に集まり、それぞれ持ち寄ったウイスキーやら缶ビールやらをグビグビ。隠れて呑むからこそウマインですね。こっそりパチンコも打った揚げ句、フラフラと千鳥足での解散と相なった次第。

もう一つ、三年生の時の思い出。

Nという南光台在住の友人がいました。どういうわけで近づいたのか発端は思い出せません。が何のこたーねー、化学部員の一人の同級生のヨシミでした。彼の家で初めてガットギターに触れ、奴らがコードなど押さえて少し調子外れの伴奏でフォークを唄ったりしました。

その彼が、ナ・ナント、夏休み中に初体験をしたというのです。

休み明け、奴はオレを見つけるなりターグーチーとオタケビッツいきなりハグしてきて、やっちまったよ、の一言。何やらかしたのと小声で問うと、同級生と、だと。

ある夏の夕まずめ、昼すぎからN宅を訪っていた彼女は帰りたくないといいだした由。少しゆっくりして行くかと誘いの水を向けるとこくりと頷く彼女、そして行くとこまで行ってしまったんだと。もう興奮しきった奴は鼻の穴を大きくふくらまし、どーだ、と勝ちほこったツラをしていました。

悔しいけど相手はいねーし、聞いていてムスコはいきり立つし、踏んだり蹴ったりでその日は終わったのでした。

Nとは今も細く長ーく付き合っております。

乳井先生

我が校には、一年の時だけ芸術科目が選べる制度がありました。オレは一も二もなく音楽を選んだのです。なにせ学校唯一の未婚のオナゴ先生、それも美人とくりゃ選ばない方がバカというもの（いいすぎか）。

当時、オレは一見の楽譜をスラスラ読め、歌うことができました（エヘン）。クラスの奴らの羨望のまなざしを背に感ずるのは気持ちイー。

授業の半分は音楽鑑賞、手抜きですねえ。それを良いことに早めのお昼寝を貪ったのだ、得したなあ。

彼女は在職中に結婚し、姓が表記のごとく変わりました。何ともエロチック、旧姓は思い出せません。

隔離された男の子だけの社会にあって、彼女は一時の救世主となり、我々の荒んだ神経を優しくなぐさめてくれたことだけは確かです。

蓄膿症

二年に上がった頃から前頭部が重苦しく、非常に寝ざめが悪くなりました。父も姉も同じ病を得て、鹿島台の我妻病院で手術を受けていましたから、もしかしてオレもと受診したら、悪い方の大当たり。

けっこう重篤なので夏休みの入院を勧められました。そして入院と同時に手術。一応麻酔はしたのですが、なんと目の下の骨をゴリゴリ削るのです。音はひどいし、痛みは本当気絶しそうなくらいのものでした。

二週間後、今度は別の方をヤッツケられました。左、右と手術が進められたのですが、今度は切開したら、主治医が大声で「構造異常！」と叫ぶではありませんか。無知なオレは、全身が皆と違うんだろうかなどという、とんちんかんな勘違いをする始末。

何のことはない、骨が少しひん曲がっていただけなのでした。で、今回も前回に引き続きゴリゴリ、全く容赦のない手術でした。そうして安静二週間、こうして高二の夏休みは費えたのです。

その後の通院中、いいこともありました。私の入院時、県北の高校に通う同級の女子が入院していたのです。なぜかその娘と話をするようになったのですが、当時の私は未熟者そのもので女心のカケラも分からなかったのですね。彼女の前でとんでもない大風呂敷を広げてしまったのです。あとは推して知るべしです。こんなホラ吹きはごめんですと、淡い恋心は秋風とともに南海上に吹きやられたのでした。

また、これにより夏休みに行われた実験（実習）の単位を取り損ないましたが、これは余録だったらしく、卒業には何ら影響しませんでした。

旧三年三組の仲間たち

高校になってからも相変わらず八〜一〇人でつるんで、機会あるごとに仙台などをブラついておりました。

中央通りのフランスベッドの人形を愛でたり、はたまた西公園のプラネタリウム観賞をしたり。一体何の話をしていたのかは、皆目覚えていません。ただ、オレには恋心があったのかなあ。されど不思議に恋愛感情が湧かなかったのも確かです。

卒業後のパーティーもこの仲間で開きました。

今はなくなりましたが、一小近くの磯やという旅館の一室を借り、未成年というのに飲めや歌えのドンチャン騒ぎ。この時ウイスキーやら清酒を持ち込み、それらを空にしてもなお足りず、宿へ追加でしこたま注文、全て呑み尽くしました。

当然のことながら皆へべれけ状態。どうやって帰宅したのかはほとんど記憶になし。

ただ、帰った折の親父の呆れ顔は今でもはっきり思い出せます。怒られなかったのが不思議なくらいです。

大学入試

昭和四四年春、東大紛争のまっただ中、それも東大入試中止という最悪の条件下で我々は入試に挑んだのです。会場は三女高。折からの大雪で（三月上旬）足元の悪いことこの上なし。

校門をくぐる頃、前を歩いていた女子がけっつまずいてなんと頭から雪塊に突っ込んでいったのです。助けようと焦るも、少し距離があったため、彼女は自力で立ち上がり歩を進め始めたのです。この時見てしまいました。彼女は厚手の毛糸のズロースをはいていたのです。悪いものを見たような気がしました。

数日後、用事で外出したオレは、帰宅途中、雪に足をとられ大コケ。当日は入試結果の発表の日でした。勘は当たり、サクラチルの知らせが空しく響くのみ。そして一年以上の浪人が約束されたのです。

その後一年間は高校四年生、または尚志予備校と当時称せられていた三高内に設置された特別教室への入学（?）を許されました。

二学級のみ、つまり成績上位者のみという厳しい現実。ただ、この一年間はけっこう楽しく過ごせた気がします。勉強にうむと、卓球やら読書やら下級生同様、学校の施設は許可さえもらえばほぼ自由に使えたのですから、本当に恵まれていました。

この年の六月、ものものしい女子学生の集団が学校を訪った光景が今も鮮明にまぶたの裏に残っています。なんと、一女の浪人たちがこぞって詰めかけ、私たちも入れてくれと直談判に及んだとのこと、何とも行動力ある生徒たちでした。結局説得され、入学が叶わないと諦め、泣くなく退去したのでした。

時はめぐり、一月末頃、禅の道に強く惹かれ始めていた私は、精神統一を図るという名目で禅を組みたいと父に申し出ました。初めは渋っていた父も重い腰を上げ、瑞巌寺一泊二日のプチ禅修行を認めてくれたのでした。

禅堂に進むとそこは仄暗い空間で、静寂があたりをおおい尽くしていました。物音一つせぬ中、ただ一人で二～三時間考案しました。次第に心が澄み渡っていくのを感じながら、何かしら自然と一体になれたような、そんな疑似体験もできたような気がします。折から夕暮れ、カラスの声が心の底まで染み入りました。

夕食はなんとシチュー、生まれて初めての美味でした。そして思いました。坊主たちも肉を食ってんだと、生臭なんだなあと。

果たして（かどうか）入試結果は、恐らく辛うじてでしょうが、サクラサクを手にすることができたのです。あの時、雲水たちが、「これほど落ち着いてんなら座禅など不要だ」と言ってくれたのを今さらながらに思い出すのです。

大学時代

東大紛争のあおりを受け、一浪したオレは翌春何とか国立大農学部へすべり込めました（何とも弁解がましいですが）。要するに頭ワリーかったの。

新歓ゲロ海事件

貧乏学生のオレは月三千円の手当に目がくらみ、一も二もなく生協組織部に入ってしまったのでした。も少し考えればよかったかなあ。

そこで待っていたのが新入生歓迎という名目の酒呑み。北門食堂の一部屋を借り、総勢二〇人ほどの宴会が幕を開けました。

別に一気呑みを強いたわけでもないのに、宴の終盤近く、突然、大量のゲロを目の前の畳に広げ、その海の中に突っ伏した女子がいたのです。聞けば新潟大教育学部から学部転入してきた才媛の由、小柄ながらナイスバディーのお方でしたナ。

皆で慌てて引き起こすも何とも無残なお姿。まるでドブロクの糟で縁取られたような髪と、化粧とも何ともつかぬものにまみれた顔、上半身は自分の生産物でびしょびしょ。美人だか、そーではないのかも分かりかねる異星人の様相でした。他の女子が介抱し、別室に寝かしつけましたが、いやはや。

そのゲロを至極当たり前のごとく拭き取り、まーいつものことだというセンパイのオコトバで、さらに宴は続いたのです。オソロシヤ。

後で聞いたところ、幸い急性アル中はまぬがれた模様でした。

入学時の学内の状況

東大紛争の影響は衰えることなく続いており、我がトンペ（東北大）の川内キャンパスもその例にもれませんでした。

連日、過激派の闘士たちはハンドスピーカーを片手に、ワレワレワー、コノケンリョクトウソウニショーリシー、などとやたら語尾を引っ張る語調でアジっていました。聞きづらかったですね、正直。意味は通ってんだか、本当に分かってしゃべってんだか疑いたくなるような、そんな演説が延々と響く。

頭にきたのは昼食時、学食脇の通路でアジリ始めた奴がいた時でした。あまりの腹立たしさに一年生でしたが、飛び出し、「アジは広場でしかできねーはずだが」と詰め寄り、さらに、「この通路を広場と規定してみろ！」と迫りました。

多分上級生だったと思うのですが、奴はタジタジとなり後ずさり。そこへ援軍が来て、オレの胸ぐらをつかむといきなり前後に揺すり始めたのです。オレもビビリましたが、幸いゲバラれませんでした。

近くで見ていた仲間は拍手こそせなんだものの、一様にヤッタネの満足げな表情。以降、通路でのアジ演説は影をひそめたのでした。メデタシ、メデタシ。

サマーキャンプ

東北六県の大学生及び生協組織部が力を合わせて行う夏の一大イベント。

入学時は秋田、所は八幡平、大沼キャンプ場、担当は秋田だったのです。

わけの分からぬまま開会二日前、花輪線で現場に先発隊として派遣された新入部員六名。

最初の仕事はテント設営地の整地及び刈り払い。ヤブの中の幕営地でしたが、あまり使われていなかったとみえて、テント場と思しき地は奥へ分け入るほど荒れていました。何とかテントが張れるよう整えるのが我らの仕事でした。

終えると待っていたのが夕食、ふと見ると、なんと醤油差しの中には大きなクソバエが四〜五匹、聞けば毒でないし、調味料にダシが出るだろうから安心だよと。山男のズ太さに妙に感心しきりでした。

二日目はいよいよテント張り、二〜三〇張もやっつけるとかなり効く。こうなると肉体労働者と何ら変わりなく、三度のメシだけが楽しみとなり果てたのでした。

困ったのがベンジョ。周りから雨水などが入り、大の方もほとんど水たまり。そこに落とし込むのだから、十分すぎるほどのおつりをいただく。バクゲキするごと、ひょいひょい尻をよけぬと、クソ水まみれになることは必定、二度目でその神業を会得、エッヘン。当然一度目はヒサンでしたけどね。

高校時代から写真を自分で撮ってみたいと思っていた自分にとり、組織部入部はまたとない機会を与えてくれました。そう、ハーフながら一眼レフ（オリンパスＰＥＮ・Ｆ）を入手できたのです。この時も携行しましたが、最初のうちは手ブレ、ピンボケの連続。三日目あたりから何とかピント合わせも的確になり、絞りも手動ながらこなせるようになりました。高校時代、図書館に入り浸りで美術書を見ていたのが役に立ったのでしょう。構図の取り方は、本当に自信の持てるものでした。いわゆるカメラアングルです。こんな我々にとっての三日目が祭典初日でした。

あらかじめグループ分けされているので参加者は先導者の指示の下、テントに向かい、五日間の宿を確保するのです。

楽しみはどんな女性グループと組むかの一点です。小グループは概ね男女五人ずつで、隣同士の二つのテントで暮らします。オラはトンぺの山ヤさんたちのグループでした。女子は……よく覚えていません。なにせほとんど本来のグループに寄りつかず本部テントで寝泊まりしていたのですから。ただ、最終日、女装させられた時、化粧してくれた人はまま美人だった（気がする）。

初日は開村式、名誉村長は担当県の美人が務めるという不文律（？）があったのでした。村長挨拶ののち、テーマソング「おおみどり」の大合唱。歌声喫茶の活動がピークを迎えていたこともあり、伴奏者は皆手練のものばかり、とても学生集団とは思えぬ演奏でしたね。そして学生歌、フォークソングと続き、なんとフォークダンスも。しめは青春ジェンカ、前の人の肩に両手を置き、キョンシージャンプをやるあれです。大いに盛り上がりましたねえ。

二日目以降は自由行動が多くなり、ハイキングなども行われました。この時初めて後生掛温泉の存在を知ったのですが、詳細は後述にゆずります。

どーゆー訳か知らねど、その時オレは黒のミニスカートを持っていったのでした。そして悪夢が訪れるのです。というのは最終日を前に、参加者全員による演芸仮装大会が夕暮れと共におっ始まったからでした。なぜか女装をさせられてしまったのです。麦ワラ帽子を目深にかぶり、顔を隠し、黒のミニスカ姿で登場です。スネ毛をカクス為、足は毛のロングソックス。

あとはご想像にお任せします。最初はやんやのカッサイでしたが、その後のことはとてもおぞましくて書けません。

このキャンプの折、一人の怪我人が出ました。行事の一環として行われたハイキングで右足首をくじいたとのこと、無医村の天使を気取り、救護隊長となっていたオレは、看護学校生を従え、この女子を診察したのです。

典型的なねんざで、足首を湿布しテントに届けたのです。その折、患者様たる彼女をむりやり負ぶりました。そしたら、背中の下部に柔らかーいお肉が触れてきたのです。まちがいなくそれは彼女のオマンジュウでした。

一夜明けると最終日。彼女の容体は悪化の一途。盛岡駅では倒れそうになり辛うじて支えるも、なんと左手が彼女の右胸をむんず、ふわりとやわらかな感触。あー鼻血出そー、ムスコも大変なことに……。ほうほうの体で彼女を引き離し、仲間に預け、帰路についたのでありました。

後日談もあるのです。

なぜか秋も深まったある日、小雨模様の中、彼女が川内のオレを訪ねてきたのです、タクシーで。タクシーを下りしな見てしまいました。彼女の真っ白なパンティーを……。その後、入学後の暇な時に幾度となく通った附属植物園へ誘いました（在学中はロハだったのです）。

平坦な道のうちは無事でした。しかし、下り坂の続く中、雨後のこととて赤土の道はすべります。仕方なく彼女の右脇を右手で支えつつ、そろりそろりと下ってきました。あのぬくもり、手ざわり、いいもんですねえ。

結局ここまでいってても何もできぬ腰抜けでした。いっそ一思いに抱き寄せ、キスでも奪ってしまっていれば後の展開は相当違っていたかもしれません。別れは突然でした。結局すれちがい。カチカンのソーイでした。で、その後のデキゴト。

サマーキャンプには二年生、三年生とその後二回参加するのですが、いずれの時にも同じグループになった女子学生と、そこそこのお付き合いを続けたものでした。けれども、私は恋人を持つ身、どの女の子とも深い関係にはなれず、淡いものを秘めつつ自然消滅していったのでした。

これには説明要です。後述しますよ。

講義（実験含む）と恋

一年の時の講義はただただ退屈でした。独語で覚えたのは Ich lieve dich, Was ist es? Ich hunbarut unchi der ben.（こんなの大ウソ）

入学できたのに何ともいえぬ空疎感。目標を見いだせなかったのです。受験勉強に全力を注ぎ、それ以降のことを考えていなかったのです。まさに帆を失った難破船のごとくでした。

一体どこに行けばいいんだろう、どこに到着すれば……そんな思いとは裏腹に性の欲求抑え難く、所かまわず誰彼かまわずナンパばかりしていました。

当然報われるはずもありません。

ただの頭でっかちの何の取りえもない、体力だけの青年ですから。

それでも二年の秋頃、転機が訪れました。クラス内の何人かでチームを組み、生物の実験をすることになったのです。このチームの中に学内一の美人との誉高いS・Sさんもいたの。

アタマの回転の速い娘で、植物の実習の時など自分が分かってしまうと先へ先へと皆をせき立てるのです。当然理解に時間のかかる人もいるわけですから、チーム内は不穏な空気に包まれ始めました。

見かねたオレは、皆が理解してから進むべしと少し語気を荒げて彼女に意見しました。

彼女はあまり怒られた経験がなかったらしく、ショボンとしぼんでしまい、あとは一番遅い人のペースに落ち着きました。彼女の高々とした鼻っ柱を完膚なきまでたたきのめしたものの、満足と、少し気の毒な気持ちとないまぜの午後でした。

少し経ち、生物の実習の折、附属植物園でそれは行われました。植物観察です。折しも晩秋、里山の一番美しい季節でした。ナント、女子学生の中にウルシの葉を手折って来た人がいたのです。私は即座に注意しました。カブレるから捨てなさいと。翌日は恐れていた通りでした。見事にカブレて、おまんじゅう顔が、さながら満月。あすこも……なんて下世話なことを考えつつも、何とも気の毒な姿の一言でした。

時は少し過ぎ、いよいよ実験に入りました。ウルシかぶれの彼女は私の隣です。つまり二人ペア。名ボ順でした。同じタ行の名字。ピペットを使い、試薬を一定量吸い取る作業から始まりました。まず私が見本を示す（なにせ化学部で実験器具の扱いはお手のもの）。続く彼女は、あろうことかオレのダ液を拭いもせずピペットを口にしたのです。その時、ビビッときました（誰かさんも言っていましたね）。オレに悪感情は持っていないんだろうと。

教室の中では我らのペアが一番手際が良く、かつ評点もトップクラスだったので、のちにゴールデンペアとの称号を得ました（ウソです）。そんなこんなで彼女とは急接近してゆくのです。


ニアミスのオレたちが結ばれるのに、そう時は要しませんでした。

一二月の小雪の降る夜、学生集会を終え、並んで彼女の下宿へと歩を進めていたのです。彼女の下宿はなんとお寺！　新寺小路にありました。

そこは女の子ばかり四人に部屋を貸していたのです。境内に着き、頭に積もった少しばかりの雪を払ってあげ、両肩に手をやり、「オレはあなたを必要とするかもしれません」と、我ながらキザすぎる殺し文句を残し、その晩は何事もなく別れたのでした。

その後、お互いの心の奥の思いを伝え合うべく、頻繁に手紙を交換し合うようになってゆくのです。その数二〇〇通余。

そして異変はコロシモンクの翌日でした。全ての講義が終わった四時過ぎ、彼女が手伝っている研究室の方に足を向けると、小走りにかけ寄ってくるではあーりませんか。何とも思い詰めた表情を見て全て察しました。彼女に何かしてあげねばならないと。そう、ファーストキス。

たまたま農ゼミの部屋が空いていたので拝借。中に入るとひしと抱きついてくる彼女。

目には大粒の涙、男はこれに弱い。一も二もなく唇を求め合いました。

されどオレは未経験、歯がガチガチ当たるだけ、下手クソの極みです。何度か試行錯誤ののちやっとこ優しく唇を含めるようになりました。女の子のそれは本当にやわらかだった。

その後講義の間隙を縫い、寒空にもかかわらず、ひたすら逢瀬を重ねたのです。

そして二月下旬、彼女の下宿へ上がることを許されたのです。コタツに足を入れ、ひたすら抱き合いました。そしてついに彼女の秘所に指が到着したのであります。そこ急所……と彼女は呻きました。手は払われなんだ。

二、三日おきに、彼女は下宿に招じ入れてくれました。することは一つ、二人とも同じ想いでした。

そんなある日、彼女がぜひとも伝えたいことがあるとの由。聞けば予備校時代から付き合っていた盛岡の彼が、近々上仙とのこと。

会いました。ワインコーナーという第一ビル地下の安酒場で。泣き事ばかり言う奴でした。うるさいのでじろりとにらみつけ、彼女はオレを選ぶと言っていると冷たく言い放ちました。

それでも奴は四の五の言って未練がましい、もっともなことです。何時間かが過ぎ、彼はすごすご帰っていきました。

勝った、というよりあわれみの方が勝っていました。すごく残酷なことをしてしまったのだということを。

下宿に戻ると彼女は私に言いました。私をつき放す時もあんな冷たい目をするんじゃないよね。もう懇願の目です。愛しさのあまり、またまた強く抱きしめてあげたのでした。

三月上旬、私たちは野蒜の浜辺を散策していました。見れば大潮で、人々が何かを獲っているではありませんか。

途端にオレの縄文人の血に火が点きました。

貝掘りだ！

波打際では思い思いの場所で砂を掘る人々の群れ、これはやらねばならない。砂に手を突っ込むと獲れるわ獲れるわ。小一時間で手提げバッグいっぱいに獲れてしもた。当時はハマグリと思っていましたが、後にそれはナミノコ、もしくはスナメグリと呼ばれるハマグリとは似て非なる貝でした。日本海側ではダシがよく出る貝として重宝されている由。早速持ち帰り調理することにしました。

仙台駅に降り立つと、彼女の妹が待っていました。くりくりした目が、小さめの丸顔に似合う可愛い娘でした。

この二人姉妹は、兄という存在に無縁だったせいかどうか、妹はすぐにオレに懐いてしまい、手を握って力比べをする始末。妙齢の女の子にこうもされると男は弱いのヨ。

下宿に着き、ナミノコは早速シチュー仕立てと相成りました。

貝はやや硬いものの、かなりの美味に仕上がり、皆満足。

妹がいたので、さすがにまさぐりっこもできず、そそくさと辞したのです。

運命の日は五月の連休明けでした。折しもスメタナ四重奏団が来日していたので、二人してそのコンサートに出向いたのです。生の演奏はシビレました。朗々と響くチェロ、それを追って奏でられるヴァイオリン……この楽団の最も得意とする演目に酔いしれた私たちは……この夜結ばれたのでした。

彼女は学部に進んで、オレは川内居残り、つまりドッペッタ（留年した）のです。単位不足でした。言わずもがなのことです。後述しますが、この年、体制批判とかで、大半の学生が留年したのです。

こうなると逢瀬が限られてきます。日中は当然会えず、放課後も実験講座なので彼女は多忙でした。会うと、もう絡みついてきてグジョグジョ泣くのです。仕方のないことと思いつつも、少し抑えてほしいと思う自分もそこにはおりました。つまり少しくウットウしさを感じ始めていたのです。

七月頃のことでした。夏休み前のむし暑い昼下がり、川内記念館（野蒜ホール）の南側の植え込みの中のベンチに腰を下ろし語りかければ、やはり会える機会の少なさを憂い、ヨヨと泣き崩れるのです。毎回これでした。

当然のことながら下宿に泊まろうものなら激しいのなんの……。本当はこの下宿、男子禁制だったのです。寺ですからね。ここが正宗の母のボダイ寺であることは後から知りました。こういうわりにも不自由かもしれぬ逢瀬はこの後も続いたのです。

単位を無事に取得したオレは、晴れて翌年学部へ。たまには彼女と一緒に歩いて学び舎に向かうこともありました。

そして同時に彼女の妹も晴れて仙台の国立大教育学部へ現役で進学したのです。

四月下旬、川内のバス停で彼女の妹と待ち合わせをしました。そしたらまさに奇遇、中学三年三組のマドンナ（彼女、現役で同教育大に入ったのです）が通りかかるではありませんか。形ばかりの挨拶ののち別れ、入れ違いに彼女の妹現る。はー、アブナカッタ。

何のことはない、姉が忙しいから妹の面倒を私が見てやった形でした。

まず植物園を一通り案内しました。折にふれ、じゃれついてくる彼女。可愛さが恋情に変化するのに、あまり時は要しませんでした。

六月上旬の土曜の朝、なぜか前夜泊まってしまい、姉の彼女はゼミの行事とかで出かけていき、妹とオレが残されました。所在なくゴロゴロしているうち目が合ってしまい、自然に彼女のオデコにキスすると目をつむり、どうにでもしてという状態に……。

唇を静かにいただき、するすると胸元に手が伸びても拒まない。大きな乳首でした。小さなゴムまりのような張りのある乳房の上にそれは乗っていました。思わずしゃぶりつきました。

舌で転がしているうち彼女の表情が次第に紅潮してきました。ついつい、下腹部にするりと手をやると、そこはたぎる泉。

いぢわる。

しばしもてあそんだのち、「見せてくれる？」それはそれは大きなクリさんが鎮座ましましておりました。

彼女とは会うたびそれを見せてもらい、愛でさせてもらいました。そして七月下旬、結ばれてしまったのです。

その後ひと月ほどはセックスのみの付き合いはイヤと断られ続けました。

転機は突然に、でした。手紙を書いたのです。セックスは愛情表現の一環であると。

確実に手応えを感じました。いつでも応じてくれるようになりました。そして上りつめるようになったのです。でも、こんな関係が姉に知れるのは時間の問題でした。

ついにその日が来ました。一二月中旬、寒い日でした。姉妹バトルの開始、オレは聞き役、修羅場の幕開けでした。この結果、妹は程なくして身を引いたのです。オレは狂いました。彼女のカラダはそれほどまでに魅力的だったのです。

それは二月のことでした。彼女に捨てられ、やや自暴自棄になっていました。こんな中で村の中三坊主の家庭教師を続けていたのです。教えているうちは集中できるので忘れることが可能なのですが、終わると襲ってくるとてつもない喪失感。

恋人を失うとはこんなにつらいものなのか……。自業自得なのは分かっていました。けれどもやってはならないことをしてしまったことも確かです。申し訳ないというザンゲの気持ちは半年以上も経ってから湧いてきたのです。

そして、姉は私を捨てず、許してくれました。でもそれは地獄の許しでした。彼女を見れば、どうしても妹が思い出される。どうすれば……。こんな状態で卒業を迎えたのでした。

学生運動による川内封鎖

少し戻って昭和四六年冬、七〇年安保闘争の余波を受け、本学でも運動はいや増しに盛り上がりを見せ、ついに過激派といわれるセクトに講義棟がバリケード封鎖されました。

そして権力に抗うべく、期末試験のボイコットを強力に呼びかけ続けたのです。

ちょっと方向が違うと思うのですが……争点がすり変わってしもた。

学生たちは混乱の極みの中で右往左往しつつも誰彼となく議論し、あわやなぐり合い寸前というところまで激論を交わし続けたのでした。各セクト主催で矢継ぎ早に学生集会が開かれ、結局封鎖及び試験ボイコット是の流れとなってしまったのです。

こんな中でのボクたち（私と姉の方）の初恋（本当の意味で）が育まれていったなんてまさに奇跡か、否、当然の成り行きか、両方だったんでしょうね。

何だかだで二年生になり、授業に空しさを感じていたオレは授業をボイコットし、何するでもなく学内をうろつくばかり。当然のことながら単位不足で（ボイコットせずとも）ドッペッタのです。

翌春、川内に機動隊が突入し、バリケード封鎖を解除しました。後から聞いた話では、床の至るところコンドームの山だったとか、お盛んだったんですね、折しもフリーセックスの波が押し寄せていましたから。都合の良い部分だけちゃっかり拝借という彼らの姿勢に、少なからぬ疑問を感じたのはオレだけではなかったと思います。本当に信念を持って運動に参加していた者の中には、自己矛盾を解決しきれず片平の広場で焼身自殺した闘士もいたというのに。同級生で、顔まで知ってた奴です。イタスギタ……。

現に、その後、彼らの主張に耳を傾ける者は激減していったのでした。そして、いわゆる全共闘の運動も次第に尻すぼみになってゆくのです。

処女喪失強要事件

学部生活も二年目、四年生の秋から冬にかけての出来事でした。

経営学科でも新三年生を迎え、次第に学究に熱の入る時期を迎えつつありました。

秋口、学部内で運動会があり、終了後、学科ごとの大反省会という名の呑み会が催されました。もう未成年はいないので大っぴらに酒が呑めるのです。

そんな中に彼女はいたのです。彼女は、私の属する学科の後輩として学部入学したのです。少しお転婆な感じもありましたが、そこはかとなく育ちの良さが感じられたのも事実です。

聞けば長町の個人病院の娘の由。こののち、何かにつけ話をするようになり、旧四号沿いのビル一階のコーヒーショップに入り浸り、とりとめもない話に花を咲かせたのでした。

彼女は私の読書量に大層関心を示し、一冊所望とのこと。そこで手渡したのが『大人のための残酷童話』（倉橋由美子著）。おどろおどろしい内容に少なからず刺激を受けたという彼女とは、（ともに）大いに満足しコーヒーを啜りながらの歓談が延々と時間の許す限り続いていたのです。

その頃、私は前の彼女との付き合いに疲れ果て気味だったので、あまり美形ではないけれど（失礼！）利発な彼女と話をしていると、不思議な心の平穏を得られたことも確かでした。

卒論を書くという名目で下宿した時、彼女はやはり来てくれました。小雪舞う中、青葉神社、輪王寺と回り、下宿に戻った時、彼女の体は相当に凍えていたはずです。コタツに足を突っ込みつつ、何もしてこない私に業を煮やし、突然こんなことを言い放ったのです。

「処女膜ってモグラとヒトにしかないんですってね、ジャマでしょうがない、こんなものいらない！」

開いた口がふさがりませんでした。つまり、早々に奪ってくれといっていたのです。けれども臆病なオレは次の一歩を踏み出せませんでした。

医者の娘であることへの負い目（ヒクツですねえ）、併せて一応恋人のいる身。この時、酒の一杯も振る舞っていれば別の展開もあったやも知れません。

でも、事が彼女の望む方向へ進めば、オレの逃げ道がふさがれるのは必定、様々な想いが錯綜し、頭の中が混乱の極みになっているオレを尻目に、彼女は小雪の中へ飛び出していったのでした。

一度も後を振り返らずに。

悔しかったんでしょう、空しかったんでしょう、それ以上にハズカシかったんでしょう。

バス停で別れた彼女は、乗り込むなり顔を伏せ、一度もオレの方には目を向けなんだ。

それでも懲りずに、この後も何やかやと誘ってくれたのです。一度目の結婚までは。

有馬君のこと

留年中のことだと思います。有馬君とオレが接近したのは。

同じクラスで青森出身、リンゴ農家だそうで、稲作農家出身のオレとはフシギに何かと話が合ったのでした。

その春、田植えの手伝いに来てくれたのです。当然オレの恋人も来ました。

まだ手植えが主流で、苗カゴに山と早苗を詰め込み、天びん棒でかついだ彼は、実に要領よく苗配りをしてくれました。これには居並ぶ大人たちも感嘆の声を上げていました。

夜はご苦労会ということでささやかな酒肴のもてなし、その後別室でオレたちは下手なギターの伴奏でフォークなど歌ったのです。

当時の我が家はトタンぶきの二間だけの実に小さな家でした。茶の間兼居間は一二畳、奥が八畳、そのかわり天井は九尺以上の高さ、茶の間に至っては天井なしで屋根裏が見える構造でした。

トタンぶき故、雨はすぐ分かるし、栗の落ちる音も明瞭。風が吹けば杉の葉などがかさこそと屋根を伝ってゆくのが手に取るように分かりました。


その年の秋にも件の二人が手伝いに来てくれました。今度は恋人の方が大張り切りで刈り上げた稲束を次々と畦畔に運び上げてくれたのです。周りの大人たちには「オレより働くなや」と冷やかされたっけ。

夕方、汗を流すべく風呂を使ってもらいました。当時、ウチのそれは外にあり、玄関の真向かいがその入り口でした。恋人が上がってくる頃を見計らい、何喰わぬ顔で湯加減を聞きつつ、まだマッパだった彼女の乳首を口に含みました。なかなかのスリルでしたねえ、ムスコも爆発寸前。

この夜も仲良く三人で、下手な伴奏で学生歌などを唄ったのです。のちに妹に聞いたら、あんな音痴今まで聞いたことないだと。それほど彼の音程は不安定でした。今はどうなのかな？　会えたら、カラオケでも行きたいもんです。彼ともいまだに賀状の交換は続けております。

アルバイトの日々

ウチでは一定額の小遣いなどもらえるべくもありませんでした。それでも学生生活に必要なものは申告すれば出費してくれたのです。だからいわゆる無駄使いは許されませんでした。極貧の家でしたから、それが当たり前だと思っていました。

アルバイトらしき最初の仕事は、高三の春休み、耕地整理事業に伴う作業を手伝ったことでした。もう浪人が決まってたし、諦めもついていましたので少し小遣いでも稼ごうという気持ちで始めたのです。

その頃は体力もついていましたから、並みいる大人たちとほぼ互角の力仕事をこなしていました。要領も親父ゆずりなので、大人たちのウケもなかなかのものでした。終盤、やはり働きすぎでした。肩の筋肉をやっつけてしまったのです。疲れもあったのですが、我慢してスコップを振るっていると肩口に激痛が走りました。これでバイトは終了でした。後日賃金を受け取りましたが、高校生は大人並みには払ってもらえず六割止まり、それでも初めて働いて得た大事なお金でした。

大学に入り、地元で家庭教師の職を得ました。薬局の子で、当時は景気の良さと相まってかなりの単価で雇ってもらえました。中学生でしたが、最初のうちはこちらも熱心にやっていたのにもかかわらず、やつはどうにも熱を帯びないのです。

半年後くらいからはほとんど遊び相手と化し、ラジオの模型作りの手伝いやら、夏休みの絵の手伝いなど、もう小間使い的な仕事ばかり。時には近くのラーメン屋からとんこつラーメンを出前してもらって食したりと、何ともシマらない家庭教師でした。

こんな状態でクビにならなかったのは、その子はどんな人がついても半年くらいで音を上げる程反応がニブく、ほとほと手を焼いた揚句、願い下げ続出という実情があったとのこと。後に知りましたケドネ。そんなわけで大学五年間、この家族にはずいぶん助けられました。

親父様が気が向いた時にはすき焼きをごちそうしてくれたり、時には洋酒や高級絵皿なども頂戴しましたから。

ドッペッタ時には時間があり余っていたので、アルバイトをしまくりました。ほぼ土木作業ばかりで、建築現場での下働きが主でした。オイルショック前の建築ラッシュの波に乗り、仕事には事欠きませんでした。それ故、割合豊かな学生生活を過ごせた気がします。学部に進んでからは時間に余裕がなくなってきたので、もっぱら家庭教師のかけもちもやりました。

こうして得た金のほとんどが本の購入に充てられました。たまには仲間と、または恋人と酒など呑みましたけどね。

月浜キャンプ

大学生活四年目（三年生）の夏、私たちは、宮戸は月浜で二泊三日のキャンプをしました。

生協からテントを二張借り、私は一足先に月浜へ資材を運搬しました。参加者は我が恋人姉妹二名、I、O、私の五人。

Iは学院大法学部、一年の時サマーキャンプで知り合って以来の仲です。

Oは法学部（トンペ）を修了ののち北大医学部に入り直し、見事医師免許を獲得した努力のカタマリの人です。当時は当然学部生でした。全ての参加者が。

四人の到着を待ち、着くや否やすぐ海水浴。月浜と大浜の間にシャワー付きの浜があり、そこがオレたちのB・C（ベースキャンプ）でした。何もかも恵まれていました。焚火自由、シャワーも使い放題、昭和四八年の夏でした。

初日はそんなふうに遊びほうけて暮れました。水はあくまで澄んでおり、二メートルくらいの深さは軽くのぞけました。けれども魚影は少なく、鈎を投げても何も喰ってきませんでした。それもそのはず、波打ち際から二メートルくらいの所で釣れるという方がオカシイ。

二日目は我が妹が来たいと言っていたのでバイクで迎えに行きました。途中、旧小野橋下で蜆がたくさん獲れていたので、小バケツに一つばかりいただき、宮戸に向かう。今夜は蜆汁、酒が進むぞう。

実際この蜆は大当たりで、味が濃く、身も大きく、縮まないので本当に食いでがありました。当時肝臓病で苦しんでいた父に、何度となくこの蜆を振る舞ったのです。

キャンプ地に着くと、やつめ、ポルナレフ気取りで麦ワラ帽子を下腹部で支える問題のポーズを取りました。オスケベだったんですネ。

当然写真をとりました。

こんな妹ですが、大好きでした、お互い。

だからこそ兄を盗ったオナゴたちの生態をじっくり観察したかったのでしょう。

夕方、妹を送り返したのち、前夜に引き続き、別れの酒盛り。皆へべれけに酔って、オレは恋人の妹、Iはその姉を伴い別行動。

Oはといえば、可哀想に一人ぼっち。実は彼、前年のサマーキャンプ（十和田開催）に鹿児島からスイートハートを伴って来たのです。トンボ眼鏡の何とも色気に欠ける小学生みたいな女の子でしたなあ。それが八年後、結婚の運びとなった時、我々二人（私とI）はその披露宴に招待されたのです。その時の彼女はS・C参加時とは見紛うばかりの美人に変ぼうしていました。けれど早晩彼が尻に敷かれるであろうことも予想に難くありませんでした。きっかなそうな顔も併せもっていたのですから。

その後、彼は生家のある八戸で脳神経外科を開業しました。爾来会ってはいませんが、毎年賀状の交換は欠かしていません。

家族

父の背中

ガダルカナルで終戦を迎え、昭和二一年に復員した父でしたが、戦地でマラリアにかかり、肝臓のほぼ半分が機能不全の状態での帰還でした。

私が小学校に上がる前、父はよく自分の皮膚病（脂漏性疾患、つまり首から上の皮膚が鱗状にはげ落ちてくる〈フケ状〉）に悩まされておりました。

通院はレジャーセンター前（現錦町公園）の皮膚科でした。就学前の事とて、毎回連れていってもらったものです。

ある時、見るとはなしにドアのすき間からのぞいた私の目に、父の股間から巨大なモノがそそり立っているのが映りました（オラの腕より太い、ありゃ何なんだ、オラのイチモツと同じものなのか）。看護婦（当時はね）さんは照れもせず、それを優しく右に左にかわしつつ患部に薬を塗っていたのです。頭だけではなかったのです。全身症状だったのです。

その後、三越や丸光（当時、現さくら野）等のデパートをめぐり、うぐいす豆などを購いつつ、日の出劇場へと向かったのです。

そこで観たのが『ローマ・オリンピック１９６０』という記録映画。すさまじい筋肉量の男女が全力で競技に打ち込むさまは感動を通り越して、むしろ神々しささえ覚えたものです。

なにせ就学前は汽車賃がロハですから私も図に乗り、父のあとを追いかけること数知れず、が、小学校入学と共に、この楽しみは消滅するのです。

父は普段は酒を呑みませんでしたが、知人が訪ねて来た時などはとことん呑みました。連続飲酒でないから少しは長くもちこたえたのかもしれません。

これは祖父に起因するところが大だったそうです。

そう、ジサマは大変な放蕩者で、小作人でありながら、年末に金が入ると色街に繰り出し、有金全てはたくような人だったとか。親父はそんなジジを心底嫌い、決してああはなるまいと心に誓い、真逆の道、つまり、品行方正な道を選んで実践したヒトなのでした。

オラは隔世遺伝なのか、時折放蕩の血が騒ぎ、ついつい酒とオナゴに走りがちな青春期から壮年期を過ごすことになるのです。

父は大層研究熱心な人でもありました。一町歩の稲作だけではどうしても三人の子供を上の学校にやることができぬと知った彼は、換金作物の研究にのめり込みました。そして、当時から高値で取引されていた長芋にたどり着いたのです。

当時、家には畑といえば、それこそ猫の額ほどしかありませんでした。

そこで近所の大地主から畑地を五反歩借り受け、いわゆる底掘りを開始したのです。私が中学二年の頃だったと思います。長期の休みの時は私も父とともにツルハシを振るいました。借り受けた畑は作土三〇センチくらい、これでは長芋は作れません。最低でも三尺（一メートル弱）は欲しい。

ここでツルハシの出番と相なったわけです。案の定、畑の中には水平に硬い岩の層が入り込み、深い所と浅い所の差は極端なものでした。これを均一にすべく、いわゆる傾斜畑だったので下の方からやわらかい土層はエンピ（スコップ）で、岩に当たったらツルハシと、天地がえしが始まったのです。

これら一群の畑は割合土が深く、岩層もさほど多くなかったため、一冬か二冬で長芋に適した畑として変ぼうしていったのです。穫れた長芋は巨大なものでした。良いもので一升ビンほどの太さがありました。満面の父の笑顔が今でも忘れられません。

当時（も今もですが）キロ当たり四〇〇円しました。作業員の日当が一日千円の時代でしたから、それはそれは高値な生産物でした。これにより、我々は何とかそこその学校を出ることができたのです。

私が大学に入ったある日、父と私は坂病院にいました。父の診断結果を聞くためでした。母には聞かせたくなかった。否、聞かせてもしようがないと思ったからこそ私を伴ったと思うのです。

結果は肝硬変、余命六カ月とのこと。覚悟はしていても、相当のショックだったはずです。まさかの思いだったと。あまりにストレートな物言いに、残酷とはこのことかと。担当は若い医師でした。目の前が真っ暗になる思いだったに違いありません、父にとっては。

同様の診断結果を後日私も受けるはめになるとは……。今年の八月初旬γ-ＧＴＰが三千を超したのです。急性肝炎の範疇でした。その他の肝機能の値も芳しくありませんでした。

かかりつけ医から即刻の入院をとのアドバイスを受け、T薬大病院を紹介されました。受診結果は即刻入院、されど回復の保証はできかねると、入院しようがしまいが治らねーっつー診断でした。あまりに投げやりなそれに腹を立てたオレは、若かった医師に毒付き、即刻その病院を後にしたのです。その後、二カ月ほどでγ-GTPはほぼ正常値に戻りましたがね。在宅治療でですよ、それも時には酒も呑んでいてですよ。

閑話休題。

父はそれでもメゲることなく、肝臓に良いといわれるものは何でも試しました。レバンコンク、その他。その結果、七年半生き増したのです。昭和五二年七月上旬、父は無の世界へと旅立ちました。

父の研究熱心なところに負うところが非常に大だと思うのです。オレの好奇心、探求心の旺盛さは。

エロ話が好きだった父は、いろんな話をしてくれました。

一．ある所に絶倫の誉高い若者がおりました。嫁した娘がいたのですが、夜ごと六発もブチ込まれ、家業にも支障を来たす始末。そこでムコに少し減らしてくれと頼んだところムコは、じゃあ毎晩五回にすっから出て行かないでくれと懇願したとか。

二．これもある所にイチモツの長い男がいて、その先を荒縄で縛り、股間から後ろに回して背負う格好で首にその縄を回していましたとさ。誰と試してもフィットするわけがありませんでした。

ある時、ヘソ下が一尺（約三〇センチ）もあるオナゴが現れ、早速試してみるとこれがまことに具合よろし。二人はめでたく夫婦（メオト）になり、末永く幸せに暮らしましたとさ。

三．東北の女の人の小便は実に壮大

その音からの連想です。オウシュー、デワデワデワ、ツガル、ツガル、ツガル（滴の音）。お分かりですね、ほぼ東北全土をおおい尽くすのです。

四．屁の長さ

ひりこく時間の長さではありません。本当の長さなのですよ。まずおもむろに風呂につかり、発射いたすのです。始めはクスン、続いてゴブゴブゴブ……。文字にすると、九寸五分五分五分……。一尺以上なのです。

こんなオチャラケなところがある父でした。もう少し長生きしてほしかったな。でも惜しまれつつ逝くというのも悪くはないですね。周りの誰もがその死を悼んでくれたのですから。あの世でも楽しく過ごしつつ、安らけくお眠りください、合掌。

母のこと

働き者でした。朝から晩まで身を惜しまず働く人でした。今はまだらボケで、思いついた折など、たまに痛いヒザを引きずりつつも庭の草むしりなどもしています。よく注意していないと、草花などもヤラレるので事前に指示を出しておきますけれどね。

人にはいろんな面がありますが、もちろん彼女にも欠点はありました。まず親父の言うことをまともに聞かず、まず反発するのです。それが正しいことであってもでした。ですから当然の帰結として夫婦仲はあまりよくありませんでした。親父が一番嫌っていたのは、自分の話は聞かないくせに、人から言われたことは無批判にホイホイと信じてしまうという気性でした。

一例をあげると、テッセン（クレマチス）は冬前に根元から刈ると、翌年前年以上の花を付けるとある人から言われ、即実行したのです。ウチの栽培種は強剪定を嫌う種だというのにもかかわらずです。案の定、翌年は貧弱な茎しか立てず、花もみすぼらしいものでした。父は大層怒り、母をこっぴどくなじりました。でもこれに懲りるような人ではありませんでした。要するに三つ子の魂百までとはよくも言ったもので、一向に改善は見られず今日に至っています。

良いところもあります。とにかく記憶力が良いのです。メモを取らずとも。とりわけ、親族とか集落の人事消息にかけては、ほぼ知らぬことなしの状態で、地域社会にデビューしたての頃の私は、これにずいぶん助けられたものでした。おかげで何とか地域へも難なく溶け込めたものと感謝しています。

でも、人の心中を察するすべについてはイマイチでしたナア。例えば、卵焼き。刻みネギと少々の塩を加え焼き上げると、ネギの香ばしさと塩味が相まって、何ともいえず美味でした。うまいとほめてしまったのが私の運の尽きでした。小四の頃でしたが、なんと二週間ほどほぼ毎日そのおかずが弁当に入っていたのです。いくら美味でもこれではねえ……。終わりの頃にはもう見るのも厭になり、別のものにしてくれと懇願した次第。

こういう母に育てられた私ですから、マトモであるわけはありませんでした。話す時は思いついたことをボツボツ、と単語で発するのみ。文章、話し言葉のていを成していなかったのです。

小学高学年になってもこれは直らず、友人に「オメーの話していることはさっぱり分からん」などと言われる始末で、途方に暮れた時もありました。

人の気持ちを忖度することも不得手でした。常に自分の気持ち優先で、相手のそれなどほとんどなおざりにしてきたせいでしょう、そのせいで私めの友人は他の子供たちに比し、少なめでしたね。

話し下手は聞き下手にも直結していました。人の話を聞いても言葉のみを追いかけ、その裏にある心情まで察するなど、ムリな自分でした。

この傾向は社会に出てからもなかなか直らず、話を聞いてその内容を要約しつつ手際よくメモるなどという技は、本当に退職間近にやっとのことで会得できたような次第。いやはや成長の遅さもここに極まれりですが、それでも骨身を惜しまず働くことができました。

少なからず、人並み以上に丈夫な体に産んでくれてありがとうございます。

あまりボケずに長生きし、日本人の平均寿命延長に貢献してください。

オレも百まで生きるのかナァ？　でもそうなると友人たち、既知の懇意の人たちとの別れもずいぶん経験せねばならんのでしょうね。そう考えると、意識がはっきりしている限り、長命は必ずしも本人にとっては歓迎すべからざるものとも思えるのですがネ。

皆様はどうお考えですか？

姉のこと

弟のオレがいうのも何ですが、若い頃はムラ一の美人でした。高校を卒業後、彼女は手に技術をつけるべく編み物学校に通っていました。

少しさかのぼり、中学時代にアッペ（盲腸）の手術をし、入院しました。見舞ったオレに小をしたいからオマルを入れてくれと頼みました。何の疑いも持たず差し入れようとしたら、なんと目の前におネエのアソコが……ビラビラが目に焼きついてしまいました。

なにせ、この手術では下の毛はきれいに剃られるので、そこばかり目立ってしまったのです。姉も無防備なら、何の疑いも持たず手伝ったオレもバカ正直か……。オレが小五の頃だったと思いますが、暴れまくるムスコをなだめるのに一苦労しました。

閑話休題。

我が家から駅までの道の途中に問題の家はありました。直線距離にして約五〇〇メートル、東隣の家でした。そこの長男坊が連日姉に秋波を送っていたのです。姉を家の後継ぎにとひそかに目論んでいた父は焦ったそうです。

彼女は幼い頃、縄ない機のカッターで人さし指と薬指を第一関節から失っていたのです。原因を作ったのは母とのこと。そのカッターはひらひらと蝶の舞うごとく華麗な動きを見せており、母がワラミゴ（稲穂の付け根部分。硬く細長い）をそこに差し入れ、プップップッと切り刻まれてゆくのを真似したがり、自分でもやってみたら……指先が落ちてしまったのです。

その時近くに父はおらず、母は急いで近くの医者に姉と駆け込み、応急処置だけ受けました。

今なら指先を氷水に漬け、縫合も可能だったのですが、当時はそんな知恵など望むべくもありませんでした。かくして姉はテンボー（差別語ですね今は）になったのです。

こんなわけで嫁にもらってくれる人などないだろうと踏んだ父は、姉を後継者とし、私を外に出してやろうと心に決めたそうです。その頃から成績だけは良かったのです、オレは。対して行いは中の下、という通信簿の評価、何なんでしょね。基本的に躾がなってなかったということに尽きます。

姉はというと、東隣の男子の連日の攻勢に音を上げ、ついに相手に白旗を揚げたのです。事ここに至り、親父の目論見は見事に裏切られて、お鉢は当然のことながら私に回ってきたのです。

彼女の二〇歳の六月に挙式。私が高校二年の時でした。

その後三人の子宝に恵まれ、さほどの嫁いびりにも遭わず、今に至っております。多忙な毎日ですが、優しいダンツク（ダンナサマ）に支えられ、幸せな家庭を築いたのでした。

妹のこと

姉とは対照的に、彼女は少しばかり「容姿タンナイ」でした。

少し張ったエラと、すらりと通った鼻筋、実はこれが彼女自身嫌いだったと後日知りました。というのも父のそれにそっくりだったのです。娘が父を嫌うなんて……当時はそう思っていました。

そんな彼女でも私とは大の仲良しでした。思春期後は一丁前に色香を漂わせ始めるのですから女はコワイ。高校出るまでは私にべったりでした。が、私が大学に行ってから少しずつ距離が出始めて来たのでした。

高卒後、彼女も編み物を習い始めました。もともと手先が器用で応用にも強いとあって、私たちはずいぶん彼女から恩恵を受けました。つまり世界に一つだけのセーターを着せてもらえたのです。

そんな彼女が見合い婚を決めたのが二三歳の時。彼女は常日頃、「この家及びこの地域から離れた遠くへ行きたい」と言っていました。思えば友達が少なかったようなのです。また、兄を恋人に奪われたという喪失感も少なからず後押しの力になったのでしょう。お相手は隣町の一〇歳年上の末っ子というニュードーのような大男でした。

彼は見かけによらず優しく、かつスケベ話が大好きという不思議キャラでした。オバたちには大いにウケてましたけどね。

ダンナは埼玉の電子機器メーカーに勤めておりました。最終的に久喜に家を建てるのですが、それまでに蕨、大宮などを転々としていたそうです。

私の二度目の結婚の年明け、私たち夫婦は妹の家に招かれました。二泊三日だったと思いますが、ダンナとの話が続かぬのには、ほとほと手をコマネきました。今ほど話題の幅が広くなかった私ですから、ま、当然でしょう。共通する趣味もありませんでしたからね。それよりもダンナが学歴に対しコンプレックスを持っていたようなのです。少し悲しかったですナ。

そんな妹も二女に恵まれ、順風満帆の生活を送っていましたが、一〇数年後とんでもない大波乱に見舞われることになろうとは、この時は恐らく夢想だにしなかったことでしょう。そう、後述のごとくダンナの死、そして自らの事故死。運命の神様はなぜにかくも苛酷な試練を妹に与えたもうたのか。今でもやりきれない気持ちでいっぱいです。

T姉と鴇田光三氏

T姉は六つ年上の私のいとこで、鴇田光三氏はその夫です。彼女は県職員の彼と結婚し、将監の高級住宅地にお住まいなされております。

どのような縁からか、私の下宿を聞きつけた彼女は、私を家に招じ入れてくれたのです。貧乏学生の私の食生活の貧しさを見越し、寿司、すき焼き、天ぷらと、ありとあらゆる高級料理を振る舞ってくれたのです。当然、当時は頭を下げ、ゴチになるばかり。

ところが子供たちがなぜかすぐに私に懐いてくれ、本読めだのゲームだのとせがみ始めたのです。お相手すれば、もう目の輝きはそれはそれは生き生きとなってゆくのでした。T姉が言ってましたが、私が訪うと子供たちのテンションが異常に高くなるのが常だったとか、人格転換ですかね。

卒業後もしばらく、このような状況が続きました。ただ、父の死を機に足は次第に遠のいてゆきました。なぜならこの年の秋、私は一回目の結婚をしたからです。

これとは裏腹に、T夫妻は頻繁に我が家を訪うようになりました。都度、T姉は私の書斎にもぐり込み、お気に入りの本を五、六冊手に取り、貸してねと言ったものでした。本当に向学心と好奇心のカタマリみたいな人です。来るたびに高級な手土産をいただいても、お返しは自家産物のみ、申し訳ないことをしたものです。

今思えばどちらが私をより気に入ってたんでしょうねえ……。光三さんは事あるごとに私を酒に誘ってくれ、それこそ二人ともエロエロ（T姉曰くのベロベロ状態を指すコトバ）状態で光三さんの所に帰宅。T姉には呆れ果てられたものでした。

彼は私の物言いが好きだったと言っていました。フツーの人のそれと少しどころかかなり異なり、突拍子もない考えを披瀝するオレでしたから。別にウラのウラまで考えてしゃべっていたわけではありませんでしたが。

直情的なんですね。心にもないことなんて言えないのです。いわゆるおべっか下手。相手を選ばず、思ったことをズバズバ、毒を含んで吐いていたらしいのです。

当然、お役所にはこんな人間いるはずもなかったでしょう。思っていてもぐっとこらえ、口に出したら一巻の終わり。オラはそんな損得勘定でしゃべるなんて気の利いた人間ではありませんでした。こんな直情正直バカだったから、彼は私を気に入っていたのかもしれません。私は職場に入ってもこの性向は変わらず、当然のことながら理不尽な苦労を強いられるハメになるのです。

その光三さんも病を得て、六〇代半ばでこの世を辞してゆきました。その後、足（車）のなくなったT姉は、本当に足遠くなってしまったのです。

現在のT姉はといえば七〇代。美魔女といえばいえなくもない肌の若さです。若作りすれば四〇代に化けられるかも。

そして悪徳スナックのママに収まり、後盾は強もてのヤーサン。座って五千円、ビール二本で一〇万円の勘定を突きつけ、異議を申し立てる客の前にやおらヤーサンご出座。おいおいお客さん、これが正規の料金なんだゼ。なんてドスの利いた声で言われた日には、客人はションベンちびりつつも泣く泣く支払うハメに……。

なんて構図が似合いそうなエロババです。ま、本人はやる気はないでしょーが、資格は十分と踏んでいます、オレは。悪しからず。

夢にまで見た農園がオープンできたので、近いうちアソビにおんなんしぇ。

それにつけても光三さんは少し早い旅立ちでしたね、一人で寂しいでしょうが。

連れ添いの到着まで少し待ちつつゆっくりお休みくださいと念じていて下さいネ。アネサマ。

でもあまり早く逝くナヨナ。合掌。

職場時代

経験した症状

別に自慢するわけではないのですが、以下二例は、病名が確定する前にオレがかかってしまったビョーキです。

①スギ花粉症

今でこそポピュラーなアレルギーですが、昭和四五年当時は珍しかったようです。これは、社会人になってからというわけではありませんが、この項にまとめます。大学入学したての五月、何とも鼻づまりがひどく、かつ鼻腔内は厚くはれ上がり、さながら蓄膿症様の症状を得てしまったのです。当時、その方面ではつとに高名だったM耳鼻科病院を受診しました。ためつすがめつ私の病状を診ていた先生は開口一番、「珍しい症状だねえ」。何だと！　人が苦しんでいるのに珍しいとは何事だ！　突き上げる怒りを抑えつつ、そのまま病院を辞し、二度とその玄関はまたぎませんでした。

二カ月もすると当然アレルゲンがなくなったので、オレの鼻炎は自然治癒したのでした。

②うつ病

職場生活二年目。

金融機関のこととて、完璧な仕事を求められるのは当たり前。努力のカイもなく、なかなかそれについていけない私でした。焦れば焦るほどドツボにはまり、早くしようとすればするほど仕事が遅くなるというジレンマ。こんなことが三カ月ほど続き、オレの神経はすっかり参ってしまいました。

もうこんな職場辞めてやる。この一カ月ほど前から深酒に次ぐ深酒。いくら呑んでも酔えないのです。呑めば呑むほどに神経がささくれ立ち、考えることは死についてのみ。夜ごと家の周りをさまよい歩き、首くくりによさそうな枝ぶりの木を探して歩き回ったのでした。

支倉神社の鳥居近くにそれを実行するのに程よい杉の木がありました。近寄って見ること一週間、行けども行けども、その木に縄をかけることはかないませんでした。何かしら大きな力で押し戻されるのです。

この苦しさに耐えかね、精神科を受診しました。担当医は首をひねるばかり。それもそのはず、当時、うつ病の概念さえなかったのです。結局神経衰弱という診断で帰されました。

このことは恐らく、ゼミ後輩の彼女の耳にも届いたのかもしれません。一度目の結婚と相まって、次第に間遠になっていったのですから。

そして事件は起こりました。九月のある朝、出勤途中の仙台駅から職場に電話を入れたのです。

「辞めさせてください」

次長が出ました。「まて、まて！　どうしたというのだ？」

（オメーになんか分かるわけねーよ、神経がウドンだからね）。心の中で叫びました。

即座に電話を切り、次の下りの列車で帰宅したのでした。夕方、同僚二人が慰めに来てくれました。その中に新田さんがいたのです。

翌日、力を振り絞って出社。皆の力を借りつつ無事に仕事を終えた私を、新田氏は酒に誘ってくれたのです。心の底から寛いだ時間を過ごせたのは本当に久方振りでした。

今、私が曲がりなりにも生を得ているのは彼の力によるところが非常に大なのです。

忘れ得ぬ人々

①有川幾七先輩

誰にも分け隔てなく接してくれた彼。人格者でした。若い頃は相当やんちゃもやったみたいで、例えば泊まった宿の床の間をションベンの海にしてみたりとか。

そんな彼が、入会（就職）一年目の私に、海外視察時に提供を受けた（金融に関する）英語の文献を示し、訳してくれとのこと。

うそでしょ。彼、英語ができないわけがないと思いつつも誇らしさ半分、嬉しさも半分、戸惑いも半分（わっ、半分でなく三分の一ずつだ）で受けてしまいました。

それからが大変、片っぱしから単語を引くものの、皆目意味が通じません。四苦八苦まさに七転八倒の末何とか訳し終えたものの、それは要旨のみ、心苦しさを禁じ得ぬまま参事であった彼にそれを手渡しました。

瞬時に彼は私の非力を見抜いたのです。

要約したんだね？

はい、ヨウヤクしました！（ようやく訳しました）

とっさにこんなダジャレを言える自分に呆れつつも、何とか大役を果たせた安堵感で満たされつつある自分もそこにいました。彼は苦笑いするのみ。でも少なからず救われた気分でした。

彼のその後の言動を聞くにつけ、バランス感覚抜群の人の感を否めません。ＯＢ会の時など後輩たちにも○○さん、と呼びかけるのだそうです。他の大多数の人々は依然としてヒエラルキーにとらわれたままだというのに、それをかなぐり捨てているのです。人として、対等に付き合ってくれているのです。

こんな先輩を私は大好きです。

②高橋伸二先輩

彼との出会いはF支所ででした。次長として在籍していました。かなりイカツイ顔とがっしりしたガタイ、説得力のカタマリ。それでも彼は年増にモテたのです。

ある年、窓口担当として四〇がらみの小柄の美人が入ってきました。聞けば家庭不和で別居生活中の由、女ざかり故、彼にグラリときたのはいうまでもありません。彼女は日舞の手練で、支所の旅行時などには華麗な舞を披瀝してくれました。

彼はどう応えたかって？　家庭を大事にしたのです。

その彼は松山から通っていたので、私の通勤経路と後半でカブるのでした。そんなわけで反則通勤誕生。つまり一週交替で松山からそれぞれの車に便乗するのです。油代が少しだけ浮く勘定です。今ならさしずめカーシェア（通勤経路シェア？）。

ま、土地、家屋を安価とはいえ購ったのですから、一介のサラリーマンにはその支払いはかなり重いものがあったはずです。それでもタマには彼の家で酒肴を振る舞われました。奥様は大竹しのぶ似の美形、子供も三人いて賑やかでした。

彼には仕事をする上での心構えを、それこそみっちり仕込まれました。直近の指導者たるI・Sさんと共にでした。彼らの仕事に対する姿勢は並大抵のものではありませんでした。資料一つ作成するにも徹底してウラを取り、十二分に吟味を尽くしてから表に出すのです。何時間かかろうとも納得のゆくまで付き合わされたものです。

たたき甲斐がある人間と認めてもらえたんでしょうね。彼らの薫陶を受けた二年間で、仕事の何たるかにずいぶん踏み込めた気がします。

そしてI・Sさんはよろず相談所を標榜しており、手練の実践者としてその力を余すところなく発揮している姿を見るにつけ、早く追いつきたい、その念はいや増しに募っていったのでした。

お二方、本当にありがとうございました。あなた方に出会わなかったら、オレは無知丸出しの、努力することさえ放棄した、ただのグレサラリーマンのままでした。

③新田俊一さん

出会いは前述のとおりです。そして事あるごとに私を山に誘ってくれました。入会三年目のこと、初めて冬山に誘われたのです。それも真冬の蔵王縦走でした。ビンボー社員の私には冬山装備など何一つありませんでした。彼はそんな私のために一式そろえて来てくれたのです。

何もかも初めての経験でいやが上にも高まる緊張。果たして無事に縦走できるのか?そんな不安でいっぱいでした。

当日、仙台から山形行きの一番の快速に乗り、一路山形へ。二月中旬とあって雪は落ち着いているとはいえまだ厳冬期。関山トンネルを越えると景色は一変しました。雪の量が違うのです。宮城より、はるかに多いのです。不安はいやが上にも募ってくるのを禁じ得ませんでした。

山形からはバスで蔵王スキー場へ。休日のこととてスキーヤーでいっぱいでした。一番雪が安定している季節ですから。幸い、午前中のケーブルカーに乗ることができ、昼前後に地蔵肩に到着。

ここから先は未知の世界です。水銀柱はマイナス一五度を差していました。まずは準備、上下を着込み（防寒具）初めてワカン（輪かんじき）を装着しました。歩くこつは、少しガニ股でとのこと。内股でやると片方を踏みつけてしまい転倒につながるので絶対避けるようにとのご指導。幸い風も弱く、降雪もなかったので樹氷の見事なオブジェに見とれつつ、夕方早くに泊まる場所に着いたのでした。暮れなずむ山々の神々しいこと！

翌朝はほぼ快晴、山頂の景色は素晴らしいの一言。道標に厚く凍りついたエビのしっぽ（樹氷の一種）は朝日にきらめき、神々しいの一言に尽き、空を仰げば下弦の月、できすぎです。

北を見やれば大東、船形の連山越しに栗駒が望め、少し西に目をやると雄大なすそ野を引く鳥海、そしてどっしりとした山容を誇る月山、南西方には朝日の連山、南は飯豊、そして吾妻の峰々、もう言葉を失い、夢中でシャッターを切り続けたのです。

早々に朝食を済ませ、馬の背をトラバース、刈田岳を越えて本日の泊まる場所へと急ぎます。

お釜は白一色、他の季節のそれとは一線を画す見事な雪白、それは早春まで観賞可能でしょうが、周囲も白となると、やはりこの季節に軍配が上がろうというもの。

刈田を越すと小ぶりの樹氷群の中をひたすら下ります。本来は駒草平、大黒天、賽の磧と進むのが正規のコースなのですが、雪が多かったのでツアーコースを下りました。

今夜の泊まる場所は駒草平北東端の南向斜面に決めました。ここで生まれて初めての雪洞掘り。雫が体を濡らさぬよう丁寧に丁寧に滑らかに内部の雪面を仕上げます。洞のあらましができたところで神棚作成、そこにローソクを灯します。入り口をふさぐと中は本当に暖かいのです。

翌日も晴れ。高山のこととて西風が強いものの、さほど苦にはなりません。なにぶんにも追い風なのですから。

昼前に澄川温泉着、小休止ののち、バスで白石へ。そこで温かいうーめんをいただきました。本当に腹の底まで染み入る味でした。

こうして彼との山の人生がスタートしたのです。その後もたびたび四季折々、いろんな山を登り続けています。ちなみにこの山行は私の父の死の直前のことでした。父は、山行中の無事を連日仏壇の前で祈っていたそうな。

そして今も彼はかけがえのない友の一人として私を支えてくれているのです。職場で彼に出会わなかったら今の私はなかった。否、存在さえかなわなかったに相違ありません。そう、彼は私の命の恩人でもあるのです。

④畠中政幸さん

彼は取り巻きに「おあんつぁん」と呼ばれていました。その本当の意味を知るのは、彼と知り合ってからだいぶ経ってからのことでした。

当時、Ｆ支所勤務の私は所謂(いわゆる)特融(とくゆう)係、政府系金融機関が扱う政策金融の担当でした。つまり公庫（農林漁業金融、住宅金融、国民金融ｅｔｃ。ただし当時）融資です。

支所では所管内の貸付担当者向けに年に何回か研修会を開いていました。本所から担当を招くなどして一泊二日で、それはそれは大々的に行われたのです。赴任三年目の私も研修会に臨み、にわか講師として教鞭を振るいました。

夜は懇親会。その中で畠中さんを知ったのです。

その後、何かにつけＪＡ貸付担当者の有志と呑む機会が増えました。担当者の中でも異彩を放っていたのが彼でした。要するにボス格だったのです。おあんつぁんの意味が腑に落ちた瞬間でした。

何とも豪胆な人でした。人一倍酒は呑むわ、金離れは良いわ、仲間の面倒見の良いことは天下一品。そんな彼に一も二もなくホレ込んだ次第。彼との付き合いは急速に深みを増していったのでした。

程なくして彼が釣り好きである事を知るに及び、遊漁船にご一緒することに。岩出山から塩釜までの距離はハンパなものではありません。相当に早起きして出て来ないと間に合わないにもかかわらず、彼はきちんきちんと約束の時間に待ち合わせ場所に現れたのです。

さて、その釣行ですが、釣りバカ日誌の鈴木社長とハマサキのあのコンビそっくり。何回か同行するうち徐々に腕を上げてきたのですが、どうしても私を追いこせない。いつしかオレは師匠と呼ばれていました。

サバ釣りにも何回か行きました。釣行後、彼の家を訪い、トレトレのサバの刺身を振る舞いました。この時、彼の妻の恵子さんは別途、刺身盛りを用意してくれていたのです。少しく悪いことをしてしまった気分でした。それでも呑み始めれば、そんな気持ちは一〇億光年の彼方、いくら呑んだか分からぬほどへべれけになりつつ、その後はお泊まり。

鰈（かれい）釣りも何度も一緒に行きました。行きつけの釣り宿は、荒天で出船不能の時は仕掛け作り教室を開いてくれていたのです。ミチイトと仕掛けを結ぶ方法、鈎結びの方法、さらに仕掛けそのものの作り方も。これ一つで釣果に歴然たる差が出るものですから皆真剣そのもの。一通り伝授されたあとには昼飯が待っていました。

帰宅後、早速伝授された秘伝のワザに挑戦。四苦八苦するうち、何とかサマになってきました。

手先だけは子供の頃から器用でした。親父が道具、つまり刃物を使うことをかなり大胆に見せてくれていましたから。それでもナタの重みに耐えきれず、肝心の材料ではなく、自分の手を細工してしまうようなヘマは幼年期にずいぶんやらかしました。今でもその時の勲章が手のあちこちに残っています。

この手で生みだした世界に一つだけの仕掛け（そんな大げさなものでもありませんが）を、拙いながらも二人で分け合い、彼もそこそこの枚数を上げてくれた日には、オレも鼻高々の気分、彼も大満足の様子。

　こんなエピソードもありましたね。ある時、四人で北上町の白浜荘に泊まった時のこと（釣行予定だったのです）。前夜祭をやっていた私たちはコンパニオンを四人呼んだのです。何といともすんなり皆意気投合して、酒も話もススムススム。オレについた娘は肩に顔をもたせかけてきたりして、嬉しくも少しく焦ったりもしました。

　そのうち、そのサービスを本気にした一人が叫びました。「ヤラセロヤ！」ぶちこわしでした。楽しい場は一瞬にして凍りつき、それでオジャン。

次の日は当然、釣りになどなりませんでした。

船頭には「ウザニはいで（泥田で難渋するような様）ねでやめろわ（酷い苦労するよりはやめたら?）」と怒られるなど、さんざんな釣行でしたネ。

　こんな幸せな日々も長くは続きませんでした。彼からの連絡がふっつり途絶える日がきたのです。後から聞いたところによれば、恵子さんの持病の悪化に伴い、通院のお伴をする回数が増えたのと、仕事の多忙さとの両方によるものだったそうです。仕方なく単独釣行を送る日々、少なからず空しさがありました。そして運命は非情にも最悪の結末をひき連れてきたのです。

突然の彼の死……それは昨年暮れのことだった由。

今年の九月、思い立って鬼首に山栗拾いに行っての帰路、妙な胸騒ぎを覚え、急きょ彼の自宅に立ち寄りました。待っていたのは仏壇上の彼の遺影でした。

あんまりじゃないの、なぜ先に一人で行ってしまったの……。

心筋梗塞だったそうです。その死に顔はあくまで安らかだったそうな。恵子さんの消息をたずねれば松山の病院に入院中とか。取るものも取りあえず、その足で病院に向かいました。受付で聞けば、週三日透析を受け、その日は面会不可とのこと。仕方なく来訪の旨を記したメモを受付の人に渡し、翌日の面会を期しました。夜、電話を寄越してくれました。明日訪うことを約し、電話を切りました。

そして明けた次の日、病室に飛び込むとやせ細った恵子さんがそこにいました。ベッドに座し、悲しげな目で私を見つめていたのです。次の瞬間、何もかもかなぐり捨て、しゃにむに彼女の腿の上に顔をうずめ、泣きじゃくる私の姿がそこにありました。あまつさえ、勢いで彼女の唇まで。小半時二人でひしと抱き合いつつ、ただただ泣くばかり……。

「どうして教えてくれなかったんですか」

今さら彼女をなじっても仕方のないこととは知りつつ、ついつい口からは彼女の胸を突き刺す言葉が……。

こんなバカなオレの髪を優しくなでつつ、彼女は言いました。

「もう来ないでくださいませんか」。その通りでした。私の来訪は彼女を心底痛めつけたに相違ありません。彼女の方も申し訳なさでいっぱいだったのでしょう。

再会すれば、またこの思いがよみがえる。何としても避けたかったのでしょう。辞したのち、どうやって帰宅したのか全く思い出せません。こののちの三日間は地獄でした。大切な朋(とも)を喪うことが、こんなにも心の痛傷となるのか。ほとんど食事は喉を通りませんでした。辛うじて流動物ばかり。

夜は夜で不眠に悩まされ、揚げ句、鎮痛剤＋アルコールで何とか仮眠を取るような始末。体が変調を来たすのは必定でした。

そして三日後の夜、ついに庭先でもんどり打って倒れてしまうのです。その折、右脇腹をしたたかに打ちつけ、立とうとした折、左腕にはひどいすり傷、両ひざもすりむきました。あとはどうやって自分の床に潜れたかは記憶にありません。明ければシーツにはところどころに血のシミ。痛さとダルさで起き上がるのも億劫な日々でした。

四日目の昼頃、あまりにひどい腹痛にカカに救急搬送依頼、尻からは血液の古くなったようなものが止めどなく滴り落ちて……。

掖済会病院で診察を受けると、触診もせず投薬のみ。何か腹立たしさを覚えつつも帰宅するのですが、その途中、モーレツな下腹部の疼痛、今まで経験したことのないものでした。カカの下手クソな運転と相まって痛いわ腹立つわ、まさに七転八倒。

帰宅するなり即座に風呂に駆け込み、イキむも出ない。固いクソがケツメドにはばかっていたのです。仕方なく指でほじくり出すと、その産出量ゆうに丼大盛！　あれほどだった痛みが嘘のように消えたので、体をくまなく洗い、安静に。ちなみにブツは、それはそれは大変なニオイでした。四日もためると、腹腔内で腐敗するのか、いやはやでした。

この晩からは背中の痛みに悩まされるようになりました。鼓動と同調する痛み、二、三日で良くはなりましたが、この後三週間ほど物を持ち上げることもできぬ疼痛にさいなまれ続けたのでした。ロッコツコッセツでした。

締めくくりは少々ヤバかったです。どうぞ安らかにお眠りください、合掌。

⑤小松記夫さん

なぜか彼は「北村のライオン」と呼ばれていました。

窓口で初めてお目にかかった時の印象は、まさにライオン。髪を肩まで垂らし、額の中央で分けており、顔あくまで黒く、眼光は我々信連（信用農業協同組合連合会）職員など相手にしたくないというような強い光を帯びていました。

あだ名の由来は、当連の提案には良否にかかわらず、かみつくからだと。一目見たオレの目には、彼はそんなに偏屈な人間には写りませんでした。何かの折に話すことがありましたが、ライオンどころか猫くらいの獰猛さでした。彼をこんなふうにねじ曲げたのは、当連の方針そのものでした。

説明する人が多分押しつけたのでしょう。だいたいにしてこの職場は上意下達、上の言うことはたとえ間違っていても、逆らう、抗うなどということはほぼ不可能でした。イエスマンだらけだったのです。

中には反骨の人もいましたが、目を付けられるや左遷、あるいは自主退職に追いこまれるなど、さながらブラック企業そのものの人事。こんな体質だったが故に、のちの経営破綻を産み、農中と合併などという実に情けない運命を辿るのです。

そんな体質を見越して、信連には信頼できる輩はいないと思い知ったのでしょう。ウチには鼻もひっかけなくなったというわけ。

当支所でもＪＡの融資担当者を招じて研修会がありました。そんな中で懇意になってゆくのですね。少なからず酒の力を借りつつも、彼は私に打ち解けてくれました。信連には珍しい人間だと。

明けて二月、私は彼のＪＡの資金協議を担当することになりました。ＪＡを訪い、小松氏立ち会いのもと、いろんな資料をめくりつつ、ほぼ右往左往、初日はこんな状態で終わったので、翌日からは本腰を入れてやろうと、まず、ＪＡ側の意向を聞くことから始めました。

そのうえで当方の案も示し、程よいところで手を打つという誠に安易なやり方でこの協議をやっつけてしまったのです。持ち帰れば、さほど重きを置かれていなかった（失礼！）のか否か、ほぼ原案どおり承認、何ともあっけないものでした。

今だからこそ書けるのですが、実はこの時、ＪＡから過分の貢ぎ物をいただいていたのです。内容はヒミツです。次年度もそうでした。ありがとうございました。

二日でやりおおせたとはいえ、段取りよくてきぱきと進めたことが彼の高評価につながったのでしょうか、それにしても面映ゆいこと。爾来、彼とは石巻のスナックなどを飲み歩く仲となりました。

時にはマッコ部長（小松氏の上司・通称です）も伴い、ネーチャンのたくさんいる店に繰り出し、さんざんカラオケを唄いまくった揚げ句、全てゴチになって、あまつさえマッコ部長宅に泊まり込んだりさせていただきました。その節は本当にありがとうございました。


二度目の資金協議を終えた年の秋に、彼から融資先の紹介を受けたのです。一件目は旭山東麓の運送会社、S運輸。二件目はJAから南に入った所の生コン屋さん、Nコンクリート。双方とも五百万ずつ要りようだとのこと。嬉しかったですねえ、というのも、二件ともJAにとっては員外企業融資なのです。

当時、JAの貸付は員外、それも企業貸付は厳しく制限され、ほぼ融資不能だったからです。銀行を選ばず、系統を選んでくれたということは、いかに小松さんが彼らに尽くしていたかの表れでした。

こうした紆余曲折を経、ライオンは小猫と化し、当窓口でも自然な笑顔を見せるようになり、女子職員の彼を見る目と私を見る目が少しずつ変わっていくのを感じたあの日々でした。

その小松さんですが、晩婚ながら幸せな日々を送っている由、これも新田氏情報です。いつまでも元気でいてくださいね。機会があったら石巻でカラオケでもいかがですか?

いとこの死

一回目の石巻赴任の、ある秋口の出来事でした。その日は台風通過で多少荒れ気味の天気でした。帰宅すると、いとこが石巻工業港に釣行したまま行方不明になったと。

聞けば、前夜台風接近を押して三人で夜釣りに出かけたのだとか。残る二人は大波におののきつつも岩壁外れの灯台によじ登り、難を逃れた由。ただ一人、K兄だけが逃げ遅れ、波に呑まれ暗闇に消えたと。

翌日から海保、警察が、大曲浜から石巻漁港にかけ、大捜索を行うも一週間経っても何も手がかりなし。私も会社を休み三日ほど捜索に加わるも徒労感が募るばかり。そして八日目だかに、ようやく見つかったとの連絡。なんと、転落地点のすぐそばのコンクリートブロックの間にハサマッテいたんだと。

朝、出漁した船が近辺を通りかかり、異変に気付き通報したとのこと。揚がった遺体は、それはそれは無残なものだったそうです。

水温が高かったせいもあり、ガスのため腹ははち切れんばかりに膨れ上がり、皮膚はところどころ何かにこすれて、めくれ上がったりと。

葬儀は出したものの、家長を失ったおばの落胆ぶりは見るだに哀れでした。

日頃は、バカだのカスだのコッタンネー（こっ足りない）だの罵倒の限りを尽くしていたにもかかわらず、いざ亡くしてみると、やはり我が子。いやが上にも悲しさ、悔しさが募っていったはずでした。

悲劇は再び起こりました。この年の一一月、彼の長女が突然死したのです。それもトイレの中で、心筋梗塞でした。その死に姿はあまりにもきれいなものだったそうです。立て続けに家族を亡くしたおばの心中やいかに。察するに余りありました。数日後床に伏せってしまったのです。

従姫の葬儀の後、むしょうに腹が立ち、帰宅後、号泣する私がそこにいました。

「走れコータロー」といういじめ

なんでこんな唄が流行ってしまったのですかねえ。どうにも好きになれませんでした。ま、唄の中での実況中継はよくできていましたけどね。

それよりもオラは、同系列なら、「帰って来たヨッパライ」とか「ケのうた」、オチャラケ路線の方が好きでした。

職場の宴会の都度、「走れコータロー」を唄うバカがいて、仕方なく付き合ってあげていたのです。弱い者いじめはもうよしましょう。厭と言えなんだオレも悪かったのですが、寄ってたかって一個人をあげつらうっつーのもどうなんですかねえ。とにかく宴会でこの歌が出るたび、不愉快な思いをしたものです。

職場エピソード

①N社長のこと

オレとのなれそめは、前述の小松さんによって為されました。

設備投資資金として信連からの融資を受けた彼は、従前に増し、私と急接近したのです。融資話があったのち、何度か彼と会い、人柄の良さ、経営手法に、ますます傾倒し、更に信念、そして世界観と、どれをとっても私には遠く及ばぬものでした。

ある時、次代を担う運送手段が話題に上ったことがあります。私は陸運だと思っていたのですが、彼の答えは違っていました。なんと海運だというのです。聞けば、近々、石巻港は大改修の予定で一〇万トンクラスの荷物船の埠頭建設が予定されており、それにより低コストでの大量輸送が可能になると。十二分に説得力がある回答でした。

現実に日和埠頭が完成し、大型船の入港は目前に迫っております。彼のその方面への造詣の深さにただただ頭を下げるばかりでした。

そして彼は茸にも詳しかったのです。ある秋口の日、彼との面談のアポを取っての前日のこと。帰宅すると母が茸を焼いて食卓に上げていたのです。聞けばイッポンシメジがたくさんとれたから炭火焼きにした由。

一口含むと何やらホコリ臭い。別のは、まさにウラベニホテイシメジのほろ苦い独特の味のものもありましたが。半分以上はクサウラベニタケでした。この秋は雨が多く、他の茸も大豊作だったのです。こういう年こそ気を付けねばならぬのがクサウラベニタケ。普段は本当に華しゃな姿で生えるのですが、この年ばかりはウラベニと見紛うほど見事に成長し、素人に見分けが付かぬのは必定でした。始末の悪いことにこれらは同一場所に同時に生えるのです。

結果、三〇分後からオレの体は上を下への大騒動。一晩中便器と仲良くしても、まだ治まりません。翌日も日がな一日ゲロゲロピーピー。水を呑めば直滑降、水分は失われる一方でした。当然のことながら社長とのアポなど、みじんも頭に浮かばなんだ。こうして二日二晩苦しめられ、およそ七キロも体重が減り、やっとこ終息。病院に行かなかったのは、新聞に載るのが火を見るより明らかだったからです。案の定、この年は茸中毒が各地で大発生したのでした。

程なくして、このことが社長に知れるところとなり、アポをすっ飛ばしてしまった、詫びに行った私を見るなり破顔一笑、一層のお近づきになれたのです。

のちに彼は「エスパー喜多邑」なる焼肉店を始めます。少々値は張るのですが、厚切りの牛タンの美味なこと、この上なし！　その他のメニューの品全てが吟味の限りを尽くしたものでどれも間違いなし。私の勤める支所の女子たちとも、家族とも何度か訪い、至福のひとときを過ごさせていただきました。あの節は本当にお世話になりました。足が遠のいてしまい本当に申し訳ありません。機会があればぜひ参上いたし、お礼を申し上げたいと思う次第です。

②労組活動

入会後、規定により自動的に労組に加入した我々（ただし試用期間は除く）。七月以降、何だりかんだりの活動に参加できるようになりました。

青婦部もその一つです。当時の連合会の構成は若年層がかなり多く、その活動もかなり盛んでした。読書会、労組学習会、極めつけは忘年ダンスパーティーです。雪の頃行われるダンパは、大っぴらに他連の女子たちとチークダンスを踊れるまたとない機会だったのです。これも年を追うごとに下火になりましたケドネ。

けれども「釣り堀で魚は釣らない」と心に誓っていたオレは（つまり手近なもので満足するなど飽き足らなかったの!!）、ダンスの最中に彼女らの柔肌に触れてもグラリとはしませんでした。

翌年、なぜか一週間の連続ストを打ったのです。理由は忘れました。この期間のヒマだったこと、一応建前では抗議集会その他を大々的にやるということだったのですが、三日も過ぎるとダレ気味。結局、朝一定の場所に集まり、あとは流れ解散、自由行動となった次第。

後年、なぜか中央執行委員に選ばれたオレは、団交の場で初めて役員たちと対峙し、彼らのタヌキオヤジぶりをつぶさに観察することになるのです。決してホンネなど言わぬのですな、双方とも。

何か聞いてて尻のすわりの悪いこと、この上なし。話が平行線を辿ると例により、小委員会開催、いわゆるボス交渉、この別室での密談により、ほぼ交渉が成立したのです。多分ここだけの話が相当出てたんでしょうね。ま、当連の労組はオトナシイ方だとはいえ、いわゆる御用のそれではなく、共産党系に属する生粋のものでした。

だからこそ歴代の経営側トップは、この労組を蛇蝎のごとく忌み嫌い抜いていたのです。

ことにナカショー（通称。ナカムラ某の略）という専従をね。

少々ならず問題な同期たち

女子は高卒で、皆マジメの額から出てきたような人たちばかり。その中で琴ちゃんは一風変わっていた。複雑な家庭環境で育ったせいか、人を見る目は確かでした。在職中、何度となく彼女を呑みに誘ったものです。一対一で程よく酒の回った頃、いつもオレは彼女を誘惑したのでした。

都度彼女は、「私を置いて帰るんでしょ?」これには参りました。実際に手なぞ出せません。いやはやお上手、六歳下の娘に完敗です。それでも懲りずに、その後も誘っては呑みが続きました。そんな彼女も縁あって雄勝町に嫁しました。3・11で大丈夫だったんだろーな。

次に男子。

書くのも厭だけどあえて記します。極めつきはD氏。独断と偏見のカタマリですが、自分の意見っつーものを持たず、上にヘコヘコするだけ。それでも下にはいかにも何でも分かってんだとうそぶく姿は、ハタから見ても見苦しいものでした。神経が太いと思っていたら意外や意外、ＪＡ合併事務所に出向になった途端、うつになったんだと。今は自宅に戻り、細々と家業を継いでいる由。

次がＧ氏。口先人間の代表で、おべっかばかり使い、上の顔ばかりを窺うカエルみたいな人間、カエルは上しか見てないからね。当然周りからはまともに相手にはされていませんでした。今はオサトに戻り、何らかの仕事に携わっているとか。

最後はＪ氏。ヒラの時は我々ともずいぶん酒呑みをしたのですが、いざ役員となると風向きがガラリと変わったのです。こいつもカエル族か。部下がどういう状況にあるかなどまるで把握しておらず、まさに上司の風上にも置けぬ輩だ。少しは人の心を案じてやれよ、いずれ墓穴が待ってるド。これを読んだら少しは反省なさい。

忙し過ぎた人々

私の在職中に三人のヒラ職員が亡くなりました。

一人はS・F。彼は高校の同級生ですが、オレと違いストレートに入会してきて、職場では二年先輩ということになっていました。不思議なことに彼とは一度も同じ部署になったことがありませんでした。管理畑が長かった彼は、いつどのようにして病を得たのかつまびらかではありませんが、オレの退職間際、彼と会う機会を得ました。

おお同級生、など言いつつ彼の肩を叩くと、まさにホネに当たったのです。不審に思い、同級のよしみで体をまさぐると、なんと筋肉はほとんど全てそげ落ち、無残にも骨格だけが浮き出ていたのです。程なくして彼は還らぬ人となりました。

思えば、彼には取り巻きが少なかったように思います。一人で相当重いものを抱え込み、誰にも打ち明けることができずに、その荷もろとも異界へと放り込まれたという方が正しいのではないでしょうか。

二人目はM・S。彼もあまり目立つ存在ではなかったものの、人を怒らす名人（?）で、オレもその憂き目をこうむった一人でした。そんなせいかどうか、彼もまた職場内では孤立気味で、本当の意味での話し相手がいなかったのではないか。

人は人にしか救われないと思うのです。心の丈を思い切りぶつけ合える友人、先輩がいてこそ、その人は護られ、成長し、生きてゆけるのだと思うのです。彼もまた定年を待たずに早世しました。前後して、その母も亡くなったそうな。

三人目はK・U。彼は私たちの一つ先輩で、融資畑が長かった人でした。私と彼との接点は、私が支所で融資担当をしていた時のみです。バブル最盛期のこともあり、強気の金利交渉がまかり通っていた頃でした。

その頃、年一回の契約更改を迎えた、優良取引先に対し、更改後の貸付金利をどうするのか本部に伺いを立てていた時のことです。なんと上得意先にもかかわらず、従来の三倍強の水準を示してきたのです。少しは現場の状況を見て判断してほしかったです。それを、上意下達とばかりにゴリ押し。

けれども相手方に伝えねばならぬこのジレンマ。このことで少しばかりうつ加減にも陥ってしまったのでした。そして、いよいよ取引先との交渉。社長は二つ返事で呑んではくれましたが、腹の中は煮えくり返っていたに違いありません。なぜなら、その後長い付き合いのJAに赴き、さんざんグチッたことを後から伝え聞いたからです。彼はといえばその後、心筋梗塞であっけなくこの世を去ったのでした。三人目の戦死者でした。思えばスポーツマンで、体力、気力にも優れ、誰一人突然死など考えてもいなかったのですから。

実はこの頃から融資などの運用部門の業績がかなり下向きとなり、相当の過重労働を強いられていたことが周知の事実となるのは、後になってからのことだったのです。それにつけてもなんという職場なのでしょう。三人も戦死者を出すなんて。他連では例を見ないことです。つまり、かように劣悪な人間環境を多分に孕んでいたのが我が職場でした。早く見切りをつけ、トンズラして良かったと思う私です。

このように、いわば会社に命を捧げたといっても過言でない人たちのことなど、亡くなって二、三年も経てばきれいに忘れ去られてしまうのですから、皆さん、退職まで決して死んではなりません。ず太く生き延びて、第二の人生を高らかに謳歌しようではありませんか。

山への誘い

当連にはハイキング班なるものがありました。

年間の行事予定を申告すると、なにがしかの活動費を下賜されたのです。それを元手とし、行動ごとにいくばくかの会費を徴収し、主に山行に費やされました。

郵便はがき

料金受取人払郵便

新宿局承認

3971

差出有効期間
2022年7月
31日まで
(切手不要)

1 6 0-8 7 9 1

141

東京都新宿区新宿1－10－1

(株)文芸社

愛読者カード係 行

ふりがな お名前		明治 大正 昭和 平成 年生 歳
ふりがな ご住所	□□□-□□□□	性別 男・女
お電話 番号	(書籍ご注文の際に必要です)	ご職業
E-mail		

ご購読雑誌(複数可)	ご購読新聞 新聞

最近読んでおもしろかった本や今後、とりあげてほしいテーマをお教えください。

ご自分の研究成果や経験、お考え等を出版してみたいというお気持ちはありますか。

ある　ない　内容・テーマ(　　)

現在完成した作品をお持ちですか。

ある　ない　ジャンル・原稿量(　　)

書　名				
お買上 書　店	都道 府県	市区 郡	書店名	書店
			ご購入日	年　月　日

本書をどこでお知りになりましたか?

1.書店店頭　2.知人にすすめられて　3.インターネット(サイト名　　)

4.DMハガキ　5.広告、記事を見て(新聞、雑誌名　　)

上の質問に関連して、ご購入の決め手となったのは?

1.タイトル　2.著者　3.内容　4.カバーデザイン　5.帯

その他ご自由にお書きください。

(　　)

本書についてのご意見、ご感想をお聞かせください。

①内容について

②カバー、タイトル、帯について

弊社Webサイトからもご意見、ご感想をお寄せいただけます。

ご協力ありがとうございました。

※お寄せいただいたご意見、ご感想は新聞広告等で匿名にて使わせていただくことがあります。

※お客様の個人情報は、小社からの連絡のみに使用します。社外に提供することは一切ありません。

初回は泉ヶ岳、当時ミニクックなどなかったので、五kgプロパンボンベと付属コンロをかついだ私も参加しました。

コースは中央コースから北泉、桑沼を経て登山口に戻る周遊コース。桑沼から泉ヶ岳までは当時まだ林道は開通しておらず、辛うじて踏み分け道があるのみ、つまり藪漕ぎルートでした。昼に何かを煮て食したのですが思い出せない。なにせ火力も弱く、調理には大層時間がかかったことだけ覚えています。

晩秋には裏岩手縦走、八幡平頂上から大深岳を経由、小モッコ、三石、大松倉の各稜線を越え、網張温泉に下山するコースです。

初日は大深山荘泊、ここで別のパーティーと大いに盛り上がり、K先輩のリードのもと、山の唄の大合唱となりました。翌日は好天、たおやかな峰々を越え、大白森の見事な草紅葉などを愛でつつ下山、温泉で汗を流したのでした。この山行は八人参加で、そのうち三人がオナゴでした！（全て未婚）

時を経るにつれ、山に登る連中はプロへと変ぼうを遂げ、生半可なハイキングなど相手にしなくなってきました。それでも毎年のように芋煮会だけは盛大に行われました。奥新川、桑沼、船形山麓、笹谷峠など。その時々で参加メンバーはまさに千変万化。笹谷の時など、呑み屋のおかみが子連れでキャデラックでお出まし。何とも場違いな思いもしましたが、いざ杯を交し、酒精が回り始めるともうドンチャンでした。周りかまわずです。

このような中で、私の山に対する想いは、次第に明確な形をとり始めるのです。そう四季折々、全ての風物を楽しんでみたいと強く思うようになっていったのです。

そして今、退職後に受領したハイキング班の財産を利用し、四人用テント二張、バーナー二基、ダッチオーブン、シュラフ、コッフェルなどを配備し、山仲間と利用を続けています。

アバンチュール

入会初年度の初冬のこと。ハイキング班の山行反省会時の出来事です。

一次会でいつになく盛り上がった私たちは、二軒目へと歩を進めていました。その折、一緒に登った女の人の一人が私に絡みついて離れないのです。これは脈ありと見た私は、さりげなく皆を振りほどき、一路ラブホテル街へと向かったのでした。彼女は私より五つほど年上。

家具屋街の外れにあったその宿はけっこう古びていましたが、安価でもあったのです。当然行くところまで行きました。処女でした。罪悪感のみ残り、非常に後味の悪い思いをしたものでした。

入会二年目の春に、その人との出会いはありました。S支所で臨時職員の同僚でした。ハスキーボイスで、どこかエキゾチックな雰囲気を感じさせていた彼女とは程なく意気投合し、二人きりで酒を呑むまでになりました。何度か杯を重ねる場が続いた後、国鉄のストで帰りの足を奪われたことがあったのです。

「ウチに来ない？」

もっけの幸いとすたこらさっさ。そこには先客あり、彼女の女友達でした。その夜は一緒の部屋、彼女は気を利かせてオレの隣に。抱き寄せても拒みません。でも、その夜は指のみでした。

ややあって、一対一の晩が訪れました。すんなり体を開いてくれる彼女がそこにいました。

最後は、一回目の結婚後のことです。ヨメに不満タラタラのオレは、同期の一人と深酒。家に帰りたくなかったので、勢いでトルコ（現ソープ）へ入れば薄衣をまとった美女たちが三指ついて迎えるではありませんか。指名するまでもなく、小柄な美人に手を引かれ別あつらえ室に。

ここでマッパにされ、オナゴタワシでゴシゴシこすられること一〇分ほど、のち少しマッサージを楽しんでいたら、彼女、「ゆっくりしてく?」。わけ分からずウンと返したのが運の尽き。ひっくり返されて、お口でコンちゃんを装着され、馬乗りになってきたのです。

ああ、こーゆーことだったのね。

あとはされるがまま。酒が入っていたとはいえ、彼女のハイテクにゴーチン。

そのあとが悲しかった。一人で洗っていってね、だと。これで両手、イチマン円でした。安いんだか、高いんだか。でも入会三年目のオレたちにしてみれば当時は高額でしたなあ。

雪上殴打事件

一度目の結婚がポシャったその年の暮れのことでした。

少し酒が入り、やや遅めの列車で帰路につくと、横にその男が乗り込んできました。彼は、別れた相手の近所の人間で、オレの妹の同級生でした。

なんと、奴がカランできたのです。なんで別れたんだと。

そんなの本人たちの問題だろ。そう思いつつも怒りを必死でこらえました。なにせ大衆の面前、ブン殴るわけにはいかなかったのです。地元駅に降りたち、奴を一杯呑み屋に誘いました。なんと、そこでも「なんで別れた」とくどくどと同じことを繰り返すのです。

ほとほと呆れ、頭に血が上ったオレは、外へ出ろ！　と一喝。二人して外に出て、眼鏡を外せ！　と怒鳴りました。次の瞬間、オレの右パンチは奴の左頬にめり込んでいました。これ以上抵抗もせぬようなので店に戻り、勘定を済ませて帰宅。何とも後味の悪い酒でした。

翌日は釣りの予定が入っていました。参加したものの、人さし指、及び中指の痛みがひどく、竿の操作には大層苦労したのを覚えています。立派に反撃を受けていたのですね。

その彼からはいつまで経っても被害届の連絡はありませんでした。

ニアミスなオナゴたち

これは主に職場時代のもので、実名を挙げてもよいのでしょうが、不快に思われる方もおられるでしょうから、あえて名を伏せます。

まず入会一年目。一年コと二年コがダッ組んでコーラスグループを結成したのです。オラも一応ギターが弾けたので末席をまさに汚しました。

この中に大変唄の上手なAさんがいて、一つ年上だったのですが、なぜか気が合い、たびたび話のできる仲となりました。

ある時、グループの一部が、とあるアパートの一室に泊まる機会に恵まれました。当然一人暮らしのその部屋は狭かったので皆でザコ寝、たまたま、彼女とは隣同士だったのです。危険ですねえ。

夜更け、皆が寝静まった頃、彼女の胸に手を伸ばし、おチチに触れる。純情だったんですねえ、ブラジャー越しでした。そして夜っぴてキスの繰り返し。当然翌日は仕事になろうべくもなく、一日中机でボンヤリ。

夏には海水浴にも行きました。あまり人の行かない所（何考えてんだか）を選び、いわゆる月浜の隠れ浜でしばし遊泳。アクセントの強い彼女の体に見とれたのでした。でもこの関係は長続きせず、当然一線も越えずに秋には自然消滅したのでした。

I支所へ転勤したら

同じ職場で未婚女子から憧れ（だったんだろうと自分にいい聞かせてます）の目を向けられました。Bさんと、Cさん。ま、ほのかなものでした。いい寄るでもいい寄られるでもなく……。それでも皆で酒呑みには行くわ、ピクニックはするわで、けっこう青春を謳歌したことは間違いありません。

隣の職場のOさんは、目のくりっとした美人で、なんとオレが尻を触っても逃げずにほほ笑むだけというデキたしとでした。それをいいことに支所管内JA連合主催の忘年パーティーでは二人して「男と女のラブゲーム」をデュエットし、あろうことか公衆の面前で彼女のキュートなお尻をなでなでしてしまったのです。当時はこういう行為には比較的大らかで、セクハラで訴えられるということもありませんでした。

そして、その隣のEさん。剣道をやっていたとのことで、もちろん触れば一本お面！ときそうな雰囲気をたたえてはいましたが、この方も尻は許してくれました。当然のことながら妻を持つ身、二人と深みにハマるなどということはありませんでしたね。別稿にゆずりますが、二人とは後年、山登りを共にすることとなるのです。摩訶不思議でした。


あ、他連の人ですが、こんなこともありました。

入会二年目の冬頃、青婦部活動で見知っていた彼女Fさんは、私をコーヒーに誘ったのです。直前のダンスパーティーでは、カノジョの胸のふくらみを十二分に堪能していたので、スケベなオレは一も二もなく応じました。

一人で来ると思いきや、なんとボディガードとして同僚を伴って来たのです。試されたのですね。オレが彼女のメガネに適うかどうかを。当時まだまだ未熟者のバカだったオレはそれに気付かず、何かしら不用意なことの数々を口走ったようなのです。当然それっきりでした。オソマツ。

職場全体を見渡せるようにと、電算関係にも籍を置いていました。この中に集中監視センターといって、委託を受けたJAの無人ATMを見守る業務に携わる人々がおりました。その中に一人だけ未婚の子がいました。Gさんです。弟がトンペの農学部在学中とかで、私が同窓と知ってから距離はぐんと縮まりました。聞けば山菜狩りが好きな由。ある春のこと、泉ヶ岳東麓の沢をめぐりつつミズ、タラの芽などを取った折のこと、小ヤブの中に入ってしきりに周りを窺う彼女の後ろ姿は不用心そのもの。全く私を警戒していないのです。むしゃぶりつきたい気持ちを抑えるのに苦労したのを、昨日のことのように覚えています。

その後昼飯、日当たりの良いあまり人目の届かぬ小広場にシートを広げると、なんと彼女手作りの弁当があるではありませんか。この時彼女を押し倒していたら、恐らく家庭騒動はまぬがれなかったでしょう。船形への筍取りの時もそうでした。そう、いつでも組み敷くことは可能でした。でもその後のことを考えると、とても一歩を踏み出すことはできませんでした。そして転勤と共に次第に間遠になっていったのです。

この時期、もう一人。彼女はキオスクの社員として働いていました。名をSさんとしましょう（何ともSさん関係多いのね、オリは）。

彼女はルノアールの水浴の絵から抜け出て来たごとくのふくよかなフォルムを見せ、面立ちも優美でした。彼の絵に負けず劣らずです。出会いはごく普通で、朝な夕なに買物をする私に向こうが先に気付いていたとのこと。

ある夕方、彼女は店の前でこちらに丸いキュートな尻を突き出し、何か探しものをしている様子。

チャンス到来とばかり、それを平手で軽くぴしゃりとやったのです。小さな声でキャ！と叫びましたが、周りに聞こえるほどではありませんでした。口を尖らしての少しばかりの抗議。でも本気で怒っているふうではありませんでした。爾後、急接近した私たちは何かと話を交わすようになるのです。

後から聞いたところによれば、彼女は当集落の大家の長男のいとこで、同町内在住だとか。そんなこんなで時は過ぎ、ある夕方のこと、彼女がしきりに私に何か訴えかけようとしていたのです。察してはいましたが、他の客もいたので、そちらに水を向け、私はさっさと列車に向かったのでした。思えばあの時、彼女は本気で告りたかったのかもしれません。

私にその気がないと見てとった彼女は、悪い男にひっかかってしまったのでした。

ほぼ毎朝のように通っていたキオスク脇のそば屋情報によれば、ある雨の朝、タクシー運転手と彼女が激しく言い争っていたんだと。この男、ワルでして、妻と別れるからオレと付き合ってくれといい寄り、行くとこまで行っておきながら、結局彼女を捨てたというわけ。純真だったんですね彼女は。人恋しくもあったんですね。オレが誘えば付いて来たかったんでしょうね。でも、それは完全に不倫。心の中に秘めていて正解でしたが、今でも彼女のことを思うと不憫でなりません。その後、彼女の行方は杳として知れませんでした。


退職後のことですが、同じ職場にいたふくよかかつナイスバディ美人から、庭木及び雑草処理の依頼を受けたことがありました。彼女とは職場時代から芋煮会などで何度も顔を合わせてはいました。

ある猛暑の朝、ノコギリやら草刈機など庭師道具一式を携え、彼女宅訪問。実は彼女は一人暮らし。父母はとうに他界し、姉は嫁して出てゆくで、残された彼女が家と位牌を守っていたのでした。訪うと、木も茂り放題、草は人の背丈ほどもあり、まさにオバケ屋敷の様相を呈していました。

早速草を刈り、捨てずにマルチ（敷草）、立木はコンパクトにまとめ、余分な枝を下ろし、大汗かきつつ一息入れるともうお昼。心尽くしのカレーをゴチになりました。午後は何だかだ歓談し、夕方近くに辞しました。

二回目は二週間後。前回の枝の整理など行うと、もう昼前でした。今回も昼飯というのも気の毒なので早々に辞すことに。なぜなら彼女も懸命に手伝ってくれて、残暑の中それこそ汗みどろ。早めのシャワーを使ってほしかったからです。かなり疲れた様子も見てとれましたから。

夕方、少々気になったのでＴｅｌを入れるも出ない。二度三度と繰り返すも応答なし、急に不安になり、消防へ安否確認を依頼したら無事とのこと、まずは一安心。実はこの日の帰り、私を見送るまなざしに変化が見られたのです。そして千切れんばかりに手を振るなど別れを惜しむ様が痛々しかった……。

後日、預かった木の枝をチップにして届けようかと水を向けると、お気持ちだけでけっこうですとやんわり断られた。自分の気持ちを抑えたんでしょうね、きっと。

結婚

一度目

つまり別れたのです。

彼女は、大学時代に付き合っていたオナゴと別れさせるために用意されたアテ馬だったのです。

父は、私が家を捨て、大学時代のオナゴについていくだろうと本気で思い込んでいたのでした。死の半年前のことですから彼の心中も複雑だったのでしょう。で、線路向かい（東北線ですね）の懇意にしていた家の娘と見合い結婚させる密約が、水面下で交わされていたのでした。父の病状を見ればムゲに断るわけにもいきませんでした。

泣く泣くそれに応じましたが、話をすればアヤヤ……。どうにも通じるものがなかったのです。それでも体だけは正直だったらしく、父の亡きあと、自室で初体験（彼女にとり）と相なりました。一線を越えればもう暴れ馬、アッチが大好きだったんですね。体だけは満足させてもらったので、もう勢いで結婚となった仕儀、やはり長続きはしませんでした。すれ違いばかりの三カ月、とうとう別れの日が来たのです。

二度目

彼女は、中学三年三組の件のグループの一員でした。

最初の別れから三年ほどたった正月明け、グループのうち数人が我が家に遊びに来たのです。その中に久方振りに会う彼女がいました。彼女を除き、あとは全員既婚、もう三〇歳間近でした。自室のコタツでわいわいやったあと、別れたのですが、後日彼女に樹氷見物に行かないかと水を向けたのです。

三月上旬、二人して蔵王スキー場へ向かいました。シーズンオフ間近というものの休日ということで、ついに樹氷見物はできませんでした。なぜなら、その日のケーブルカーは終便まで既に予約で満杯だったのです。仕方なく持参したワカンを二人で装着、雪の上の散歩のみ楽しみました。

見ていた人から珍しがられ、私あれ欲しいなんて娘も現れたりして。時間を持て余し、早々に昼飯を済ませ、取りあえず再度自室に招じ入れました。

コートを脱いだ彼女はぴっちりしたセーターを着ており、その胸はかなり巨大に見えました。頃合を見計り、押し倒しました。結ばれたのでした。その後、何度か逢瀬を重ねました。ある時は第一ビル（今はありません）地下の「よしみつ」という小料理屋で、二人で一升以上呑んだこともありました。

四月に入り、先様の親戚（喜ロク伯父：彼女の父の兄）に挨拶に行きました。

その折、私は彼女が三人姉妹の長女であったことから、「彼女との結婚を許してください」と申し出ました。快諾でした。嬉しかった。

後から聞けば、彼女はオレに焦りを感じていたそーな。程なく結納、そして出入りそめ（当地の風習です。足入れ婚。大っぴらにセックス出来るという許しです）。迎えた六月、ジューンブライドでした。式の終わりにオレはやっちまいました。

「私は一生、明子を……大切にします」

あったり前のことを吐いてしもた。皆はもっと違うこと聞きたかったと思うのです。

ちなみに、一回目の時、職場の上司を呼ばなかったことなどから、彼には在職中陰湿なイジメを受けるはめになるのです。そう出世妨害という。

新婚旅行

初めてのそれは山陰の旅でした。一一月に入った好天の日の旅立ち。ところがやってしまった。靴やら、チケット、財布まで家に置きっ放し。式終了後、友人の車でカーチェイスよろしくぶっ飛ばして取りに戻り、何とか事なきを得たのです。

全て列車（＋バス）の旅だったので仙台駅から「はつかり」に乗り、いざ出発。その夜は東京の一流ホテル（名は忘れた）の大広間でのパーティー。

周りは皆新婚だったのか、あまり観察する余裕もありませんでした。でも、ディナーに出てきた微炭酸のロゼのワインだけは覚えています。ハーフで一本二万円、けっこうなお値段でした。ドンペリ？　ロマネコンティ？

その後が大変、トンボの羽のごとく薄い生地の、羽衣のようにも見えるネグリジェを着けた彼女は一晩中オレをさいなんだのです。初夜は明けるまで……と思い込んでいたらしいのです。仕方なく付き合いましたが翌日が大変、足許が覚束ないのです。ほうほうの体で新幹線に乗り込み、一路倉敷へ。席に着くなりダウン、寝てしもた。

昼前に倉敷到着、立ち食いソバでも喰おうと言ったら怒り出したのです。新婚旅行でのそれなんて、風情もへったくれもあったもんじゃなかったはずですからね。気を取り直してレストランへ……何喰ったか皆目覚えてません。

　それでも大原美術館のグレコは良かった。やはり本物は圧倒的迫力で見るものを惹きつけるのでした。

　倉敷を後にし、鉄路を乗り継いで松江へ。到着したのは夕方、駅前を見渡すと薬局が。オレタチシンコンリョコウデスゴクツカレテイマス、ヨクキクエーヨーザイクダサイ。一も二もなく飛び込み、なんと、ハズカシイ節を口走ってしまったのです。

　店主、苦笑いを浮かべつつも勧めてくれたのがキヨーレオピン、効きました。その夜も可能になりました。

　でもその宿の仲居が、少々イヤラシイ笑みを含みつつ我々の床を延べてくれたのですが、一部が重ねてあったのです、いやはや……。

　明けて三日目、松江城で不昧公ゆかりの茶菓とともに一杯の茶をいただきました。しみじみと美味でした。でも頼んだタクシーの運転手曰く、あんた方みたいに長い時間観ていた人は見たことないよ、と。単に休みたかっただけなのでした。

　その後出雲大社を回り、大注連縄に願かけをしました。彼女のさい銭は無事注連縄に乗りましたが、オレのそれはというと……飛び越えて参道の石畳の上にチャリン。不吉なものを感じました。まさか後日タタリが来るとは……。

昼時だったので名物をいただくことにしました。名付けて割子ソバ、五色のそばが小ぶりの容器に入って重なっており、それぞれに異なる味わいがあって大層気に入りました。

午後は日御崎灯台などを観て、今夜の投宿地萩市へ。ここでは二泊。

朝食ののち、萩市内の散策、今日は一日ここでゆっくりできるのです。午前中は城跡を見たり、武家屋敷やら歴史を感じさせる街並みを堪能してから昼に一旦宿に戻りました。

午後は土産物の物色。まず萩焼きです。お世話になった方々へ、心のこもった一品を、と。慎重に品選びを行い、それらは宅配便で取りあえず家に送りました。

職場へは、夏柑の皮の砂糖漬け、何といったたっけなあ。これはお持ち帰りになりました。多分宅配はダメだったんでしょう。宿で頼めば済んだのに、その時は頭が回りませんでした。

夕飯にステーキが出たんです。それを切る折、勢い余ってソースと共に一切れをズボンの股のあたりに喰わせてしまったのです。明ければ早朝の出立なので、クリーニングも間に合いません。仕方なく、もう一着に着替えました。されど、これが曲者、実は、二日目の新幹線でシッコをした時、十分ずり下ろさず発射したため、腰のあたりにかなりの量のしょんべんが染みたシロモノ、臭わないわけがありません。ま、あと一日ということで我慢して着たのです。当時ファブリーズなどあろうべくもなく、女房からコロンを借り、ゴマカシました。

最終日は雨、不思議にも前四日は全て晴天でした。まだ明けやらぬ中、六時過ぎのバスで一路小郡へ。西日本は日の出が、東北に比し一時間ほど遅いのですね。

途中、秋吉台の中を突っ切るコースだったので見られるかと思いきや、うす暗さと雨のせいでほとんど何も見えずじまい。土産の夏柑皮の加工品がずしりと肩に喰い込むのに耐えつつ、家路を急いだのでありました。

こんなに荷物が多いというのに、小郡駅でなんと文旦を売っていたのを目にした女房は、「これ欲しい」。オメーが持つならいいけどな、と冷たく言うと諦めました。

二人とも家出人もしくは浮浪者もかくや、と思われるほどの大量の荷物に埋もれるようにして、辛うじて歩を進めていたのですけども、地元駅では日も落ちたというのにババが一輪車を携え、待っていてくれました。もう四〇年も前のことです。ババも五〇代でしたから、それはそれは元気でした。

二回目の新婚旅行でも大失敗を経験してしまったのです。

ジューンブライドを終え、仙台空港から一路函館へのフライトの予定でした。初日は。

空港に着くと当該便を含め多数の便が濃霧により欠航とのこと。六月中旬（一五日）のこととて、ヤマセと梅雨の相乗効果、悪天炸裂だったのです。急きょ、仙台駅まで友人E・Dに送ってもらい、青森行き最終の「はつかり」に何とか間に合わせることができました。まばらな見送りを受け、いざ出発。自由席に飛び込んだせいで盛岡まで空席なし。その後何とか席が空いたので交互に座りました。最初にオレが座ったら何とも周囲の視線が冷たい、ワレメエギレエ（仙台弁でジコチューのコト）だったんです。カカへの配慮が足りませんでした。少しだけ座って席を替わりました。皆よく見てんですねえ、新婚の生態を。多分土産話になったんだと思います。呆れ半分の。

日付も替わる頃、青森到着。宿を探していると、小柄でがっしりしたガタイの初老の男が近づいてきて、オラんとこがいいから泊まれ、と有無をいわさずオレたちの荷物をさっさと運んでいくではありませんか。

疲れ切っていた我々は、抵抗する気力もなく彼に従ったのでした。ちなみにこの時は栄養剤のお世話にはなりませんでしたぜ。なにせ薬局はとうに閉店していましたし、頭も回りませなんだ。案内された部屋は木賃宿そのもの、かなり安かったんです。壁は薄いベニヤで隣の話し声なんか筒抜けでした。

それでも風呂だけは良かった。浴室の一角を利用した扇形のそれは、一〇人ほども入れる広さ！ それを我々のために貸切にしてくれたのでした。その夜は当然初夜、少しだけゴアイサツをし、就寝。

翌朝五時。宿を辞し、一路、連絡船ホームへ。一般客室は混むし、どう見ても新婚向けではなかったため、少しだけ奮発してグリーン室へ向かいました。といっても一人千円もしなかったのです。そこはなんと、我々だけの空間でした。ここでも貸切。

朝食は、オレはイカ尽くし、彼女は何をとったんだっけ……。新鮮さがイノチのイカは存分にその持ち味を発揮し、余韻を引きつつ私の腹に収まっていったのです。あの甘さが私の脳裏からいまだに離れてゆかないのです。

その後、函館到着まで三時間余、ゆっくりと朝寝しました。なにせ外は濃霧で何一つ見えなかったのですから。

無事に昼前に函館着。早速、名物朝市を見学し、リンゴを見つけたのでそれを丸かじりしつつ、各店の新鮮な魚貝類を一通り見て回りました。それにしても店の数の多さ、品ぞろえ、いずれを取っても全国屈指の朝市だけのことはあります。平日というのに人の列、列、列。ナマものを買っても始末に困るので早々に引き上げ、五稜郭へ。そこでタクシーを降りると小事件が待っていました。

キャリーバッグの底に、なんと犬のクソがひっついており、それがタクシーのシートを汚してしまったのです。申し訳なさに、ありったけのティッシュと、それでも足りないのでハンカチも動員し、何とか拭き終えたものの、少々ニオイは残りました。運転手に弁償を申し出ると、きちんと掃除してくれたんでと断られました。丁重に礼をし、タクシーを後にしました。

五稜郭は何もないところでした。史実を知っている者のみが、目の裏に当時の悲劇を思い起こさせるといったふうの場所でした。

空港に戻り、札幌へ。チェックインがぎりぎりだったため、一番やかましい席をトッケ(外れクジに当たって)てしまいました。そう、エンジン脇のシートでした。

この轍を二度と踏むまいと、釧路行きの便では一時間前に手続きを済ませ、静かなシートを選びました。

窓側は上天気、三千メートルという高度ながら、地上にあるものが手に取るように見える。まさに新鮮な感動でした。

「ああ人は昔々、鳥だったのかもしれないね　こんなにもこんなにも空が恋しい」この唄の意味を実感した次第。

この空を飛べたら
作詞　中島　みゆき　作曲　中島　みゆき

釧路からは生まれて初めてのレンタカー。実はペーパードライバーだったので、うまく運転できるのかとても心配だったのです。

宿に向かう途中、木工品の店が立ち並ぶ場所がありました。早速立ち寄り、時間を忘れて物色、どれも気品あふれる芸術性の高さ、技術の確かさを感じさせるものばかりでした。親戚、親しい友人たちへのお礼の品々を選び終える頃、周りは夕闇に包まれ始めていました。

宿は阿寒湖畔、到着したのが午後八時過ぎ。Ｔｅｌしとけばよかった。出された膳の刺身はひからび気味で少し変色し、その他の品々も冷め切っていて、まさに監獄飯の様相でした。

明ければ雨、今日はウトロまでのロングツーリング。摩周湖は、まさに霧に包まれ、おまけに強風でアウト。屈斜路湖に着くと何とか雨も止み、少し景色も眺められるようになってきました。

昼飯まで時間があったので近くの峠へ向かうと、頂上付近の路上になんとエゾリスが！カカは寝ていて見過ごしました。起こした時は既にドロン。

湖畔に戻り、小腹が空いたのでトウモロコシを購い食したところ、これがバカ旨！甘味強く、粒が歯の間でプチプチ。束の間の幸せでした。その後、野付半島のトドワラ、ナラワラを見たり、あとはウトロに向かうのみ。

そこは知床半島の付け根近くの北東に開けた小湾でした。沖にはオロンコ岩（いわれは……あとで調べておきます。忘れたのよ）。

夕食にオプションで毛蟹を所望しました。これがウマイのなんの！かなりデカかったのですが二人でペロリ。あと珍しかったのがメフン、これは鮭の血合いの塩辛。加えて鮭のルイベ、世間知らずだった私たちは、ただただ驚くばかり。大満足の一夜でした。アフターはって、決まってるけどオ・シ・エ・ナ・イ。

三日目は、奥知床探訪、本日もむせぶような小雨。

知床五湖にはコウホネがひっそりと花開いていました。オシンコシンの滝を見、カムイワッカの湯の滝は、本当に湯気が立ち昇っていました。

昼飯は網走随一の味といわれるラーメンを賞味。のち水族館でオオカミウオとにらめっこしたりして、この日の宿は層雲峡でした。

翌朝、前の三日とは打って変わって上天気。朝四時に起き出し、層雲峡に向かうとそこには残雪をいただいた二本の滝がとうとうと流れ落ちていました。流星の滝と銀河の滝でした。

雨のせいであまり良い写真を撮れていなかった私たちは、二時間ばかり写真に夢中。ついでに足を伸ばし少し戻った所の湖の風景もいただき。最終日とて、もう帰るのみ。旭川に向かう道すがら、東方には残雪をまとった神々しいばかりの大雪の峰々、そして少し南に目をやれば、いまだ噴煙たなびく十勝岳を従えた連山、まさに五月晴れ、旅の終わりにふさわしい風景でした。

ここで一つヘマをしちまいました。列車時刻をなぜか一時間記憶違いをしていたのです。レンタカーを返し、駅で聞くと予約列車は一時間前に出たとのこと、でも間もなく札幌行きの急行があるので、それの利用を勧められました。「捨てる神ありされど助ける神もあり」を地でいったような幸運でした。乗れば席はガラガラ（平日でしたから）、ほぼ、したい放題でした。

千歳空港では待ち時間が十二分にありました。ここでそれぞれの家向けに毛蟹を一パイずつ購い、帰路につきました。今度は一万メートル上空の旅です。見下ろせば、まさに日本地図の眺めそのものでした。下北半島のマサカリが手に取るように分かったのです。松島の上空で旋回して高度を下げるや、今度は品井沼周辺の俯瞰図が目の前にあるではありませんか！

暮れなずむ頃に仙台空港着、七時過ぎだったかナ。そこで拾ったタクシーに急いでくれと頼んだのが運の尽き。一般道路を百キロメートル以上の時速で飛ばすわ飛ばすわ。まさに生きた心地がしませんでした。死ぬかと思ったほどです。当時はアクセス線がなかったのでリムジンバス利用か、この方法しかなかったのです。

曲がりなりにも何とか第一ビルに着き、古なじみのババに土産を渡し、話もそこそこに早々にそこを辞し、カカの母の許へと向かいました。

待っていてくれました。土産話は後回しということで我が家に向かうも、初夏とはいえ陽はもうすっかり暮れて、よい子はネンネの時間なのでした。

この妻のこと

前述のごとく、デカ乳に目がくらんで結婚した私でしたが、新婚、それに続く子育て時代は比較的フツーの夫婦でした。

雲行きが怪しくなったのは、結婚生活二〇年以上すぎ、私の鼾がうるさいと、事実上家庭内別居が始まった頃からです。当然寝室は別々、夜のお楽しみはなし。この頃から会話のすれ違いが目立つようになり、面倒な話を振るとクドいからと一蹴。逃げの一手で話し合いなど成立しなくなったのでした。

追い打ちをかけたのが女性特有の病を得、二泊三日の入院した時からです。子宮を摘出し、主治医からは夜の営みは控えめになさいといわれたそうです。言葉どおり受け取った彼女とは、その後一回も接していません。

我ながらよく暴発しなかったと思っていましたが、今回ヤッチマッタ。女の人の胸を触ってしまい、告訴されて警察のお世話になったのです。まさか……でしたが後の祭。潔く罪を認めたものの、キツーイオトガメ。トホホ。

その後、妻とは少しずつ話をするようになりました。後述のごとく、数多くいろんな役を引き受けていたオレがどんなに多忙だったかの一端を、巧まずして知らされた留置期間でした。

それでも彼女はどちらかといえばオラよりも、第三者の話の方をより信じ込む傾向が強いようです。アルコール依存症の問題についても、オレが真正の病人だと決めつけ、そのうえ、酒が入ると危険だから近づくなと子供たちには言っていたそうな。

なぜ盆にも正月にも孫を連れて来なかったのか合点がいきましたが、同時にカカを見損ないました。もう少しオレの言い分にも耳を傾けてくれい。アータ（あなた）もバクレッするし大量の皿を割ったりすんだからね。

慟哭

義弟の死、妹の死

平成一〇年も押し詰まったある夕暮れ、職場に一本の電話。義弟が事故に遭ったとの知らせ。取るものも取りあえず母と二人、急いで埼玉に向かいました。妹宅に着くと彼は別の所にいると。妹に詰め寄ると、なんと焼身自殺で、葬祭会館の霊安室に安置されているとのこと。

いろいろと事情を聞くうち合点がいきましたが、無念さは拭えませんでした。

昨年、人員整理にあい、その後懸命に就活をするも五〇過ぎという年齢は非常に不利。セールス、警備、一般営業といったものばかりで、どれをとっても彼には不向きだったのです。

なぜなら技術畑一筋でしたから、セールストークなど望むべくもなし。そんなわけで失業状態が続き、退職金も底を突きかけた頃だと聞きました。その事件を起こしたのは。

後に警察の方から聞いたところによると、事前に何度もトライしたとみえ、車の窓は全てガムテープで目張りされ、排気ダクトからはホースが室内に引き込まれていて、ガス中毒の死を選んでいたようなのでした。

されど、一向に死ねないことに業を煮やした彼は過激な手段に出るのです。

そう、ガソリンをかぶってしまったそうなのです。

目撃者によると、ドーンという音とともに二～三メートルも火柱が上がり、車は瞬く間に火に包まれたのだとか。覚悟の死とはいえ、妹には一言の相談もなかったとの由。

告別式前後の義弟の親族の目は、彼女には痛いほど、耐えきれぬほどに突き刺さり、心をさいなんだのでした。まさに針のむしろでした。別れの言葉は長女が朗々と述べてくれました。

全てを終えての帰路、東北道は福島から北で吹雪模様でした。

この三年後、桜の花の下で妹は殺されたのです。いつものように帰宅の路を辿っていた彼女は、家に程近い桜並木の道で右折すべく対向車の過ぎるのを待っていました。と、その時、後ろから来た軽乗用車が、スピードも緩めずに彼女のバイクに突っ込んだのです。

目撃したトラックの運転手によれば、一五メートル以上も前方に飛ばされ、頭から地面に叩き付けられたそうな。

私が職場で連絡を受けたのが午後四時を回った頃でした。すわ一大事、とって返して、母を連れてゆくのはあまりに不憫とのことで姉を帯同し、急きょ埼玉へ。

ケータイの普及が進んでいなかった時代故、連絡は公衆電話のみ、どこかの脳外科専門の救急病院に搬送されたというのですが、どうも要領を得ない。小山で降りて古河へ向かうとわかるとの姪の言葉を頼りにタクシーを進めるも、皆目分からない、メーターも一万円を超したところで運転手が気の毒がり、この先はサービスしますとのこと。遠慮しつつも受け入れ、再度Ｔｅｌすれば場所はなんと茨城県の境町だと！　この町は埼玉、群馬のほぼ県境に位置し、久喜からは直線で五〇キロメートルほど。そこに妹はいました。到着は日付の変わる頃でした。

見やれば、人工呼吸器を装着され、自発呼吸は不能との由。主治医に別室に招かれた私たちが目にしたものはまさに目を疑うものでした。それは妹の脳のＣＴスキャン写真でしたが、どの断面を見ても正常な、それにあるべき襞が一切見当たらないのです。たとえは悪いのですが灰白色の豆腐そのものでした。

やや時をおいて主治医が言うには、「人工呼吸器などにより一週間くらいは命だけはつなげるでしょう。ただし、意識の回復は絶望的である」と。そしてこのまま延命を続ければ、本人のみならず家族も苦しみ続けることになると。

ややあって、姪たちは決断しました。

「そういうことなら延命は望みません。即座に楽にしてあげてください」

医師は深く頷き、スタッフに指示を送りました。その瞬間、気丈に振る舞っていた下の姪が堰を切ったように声を上げてむせび始めたのです。私たちも涙をこらえることはできなんだ……。そしてバイタルサインはピー……と直線状になり、妹は天に召されたのです。享年四八歳、あまりの早逝。

未明、葬儀社の車で、私たちは久喜（埼玉県）の家へ戻ることとなりました。

夜に化粧を施された妹の顔は、呼べばすぐ目を覚ますかのごとくの生前のままのそれでした。でも今は決して応えてはくれなくなった妹でした。

遺体を玄関脇の客間に安置し、夜の明けるのを待ち、親戚縁者に連絡を取りました。

午前中に葬儀社の係が到着、洗体をし直し、化粧直しをしてくれました。そののち祭壇も飾られ、いや増しにも妹の死を胸元深く突きつけられたのです。

午後、加害者家族が弔問に来ました。その父母は畳に額がこすれんばかりにひれ伏し、泣きながら許しを乞うていました。肝心の加害者たる娘はというと、自分のしたことが自覚できていない模様で涙すら見せず、ただおどおどとあたりを見回すばかり。謝罪の一言すらありませんでした。

通夜の席でのことでした。私はずっと妹のそばに寄り添っていました。その顔をよく見ると、ところどころに血がこびりついていたのです。納棺前ということもあり、見かねた私は爪を立てて静かに少しずつ丁寧にはがしてあげました。これを遠くから見ていた親戚たちは、改めて仲の良さを思い知った様子で忍び泣きする人もいたとのことでした。

そんな中、ふと見ると少し胸元が開いていて、ふくらみの失われた胸の上に乳首のみがぽつんと立ち尽くしており、何とももの寒い風情を醸し出していました。目を離すも、熱いものが込み上げ、そっとまぶたを押さえた私でした。

そして葬儀、火葬場へ向かう道すがら見上げれば折しも満開の桜。きれいでしたが、もの悲しい色でした。空の青さが悔しいくらい胸に染みました。

願わくば花の下にて春死なむその如月の望月の頃

この歌を地でいったごとくの死でしたが、もう少し楽な死を選んでほしかった。

この時点で娘二人だけが残されてしまい、二十代前後とはいえ世知に疎い彼女らを残して帰るわけにはいきませんでした。姉と二人、初七日までいろいろな手続きなどを手伝ってやることにしたのです。

少し落ち着いてから、警察、市役所、その他をかけめぐり、一通りの段取りは済ませました。

この間、件の加害者の訪問を二、三度受けました。一切謝罪の言葉はありませんでした。業を煮やした二番目の姪は、二度と寄せつけぬよう手紙を出してくれと私に懇願しました。

そう、彼女は人一倍感受性が強かったのです。許せなかったのです。己が罪などミジンも感ぜず、アッケラカンとして訪う彼女の神経を。

かくして出入禁止文を彼女向けにかなり過激な文言で綴り、投函しました。当然のことながら、以降ふっつりと彼女は顔を見せなくなりました。

内々だけで初七日を済ませ、帰路についた姉と私でしたが、列車が故郷に近づくにつれ、いまだ重苦しい冬のたたずまいを見せる雪山を見るにつけ、いや増しにも喪失感にさいなまれるのでした。

この年の五月中旬、四九日の法要がありました。前日から久喜に逗留した姉と私は逮夜を無事に終え、例により私は妹の遺骨が納められた仏間で一夜を過ごしたのでした。

翌未明、まだ陽も昇る前の頃の薄明かりの中、遺骨のあたりから何者かがすーっと出て来て静かに私の胸の上に乗り、ややあって東向きの障子のすき間から南の空へ飛び去ってゆく気配をまざまざと感じました。胸に乗った時は確かな重さすら残していったのでした。

そして翌年の一周忌。

墓所を決めかねていた姪たちは、菩提寺の住職に相談したのです。答えて曰く、永代供養塔というものがあり、比較的安価な維持費で遺骨を寺に預け置くことが可能だと、しかも当山にも空きもあると。事ある毎に墓は墓はとうるさかった親族に、寺で行われた供養の席で私は、住職に例の永代供養塔の話をなさってくださいと願いでました。それを聞くや、親族たちは一様にかぶりを前後に振り、納得したのでした。

この席には、下の姪が嫁した家の親も顔を見せていました。彼女は妹の死を機に、経済的理由から短大を中退、当時付き合っていたFと結ばれていたのでした。

後日談としてその親ごさん曰く、寺でのやり取りを見て、私のことを「相当の人物である」という感想を抱き、尊敬に値する人間だと高く評価してくださった由。いやはや面映ゆい。

その後、妹が契約していた保険会社の方が、身を粉にして駆け回ってくれました。結果、過分の示談金を獲得できたとのこと、本当にありがとうございました。

改めて二人共仲良く安らかに眠れ……合掌。

義母の死

カカにとり、たった一人の親でした。父親は彼女が小学生の頃、その頃珍しかった交通事故で亡くなっていた由。その義母が、肺ガンで入院したのです。平成七年春頃のことでした。

義母とはそんなに近しく話したことはなかったのですが、見舞うたびにいろんな話をしてくれるようになりました。それも束の間、別れは意外に早く訪れたのです。

翌七月、容体は予断を許さぬものとなったのです。

夕方、仕事を終えて駆けつけると、辛うじて話はできる状態でした。一晩中彼女の傍で手を握りしめ続けていましたが、夜半過ぎ、その力が徐々に弱くなっていったのです。それと歩を合わせるようにバイタルの状況もかなり怪しくなってきました。急ぎ担当医を呼び状況をたずねると、首を横に振るばかり。そして夜明けを待たずに彼女は他界したのです。

朝まだき、末娘の家に安置された彼女は、さながら眠っているごとくでした。

実は、義母はある人の借財の保証に立ち、家屋敷をなくしていたのです。不憫に思った末娘に引き取ってもらったのでした。上の姉二人にはまだ姑や舅がいましたのでね。

翌日から近所の人々がこぞって手伝いに来てくれました。学会の人脈とはこんな場でもかなりの力を発揮するのでした。そんなこんなで無事告別式を終えることができたのです。

何も役に立てなかった私をお許しください。どうぞ早逝した義父と末永く安らけく、合掌。

実は後日談がありまして……。

義母の死に関し、ババがカカに不用意なことをいったらしいのです。

バクレツしたカカは、大皿を一〇枚ほども抱え（使い古しですけどね、選んだようです）玄関先でバリンバリン割り始めたのです。

何が起こったか知る由もないオレはうろたえるばかり。激しいんだなあ……まさに触らぬカカに祟りなし……か。

子供たちとの思い出

父親の出番

カカとの約束事でした。子供たちが十分な会話ができるよう成長したら、本格的にオレの出番だと。

三歳児の頃から反抗期あり自己主張ありで、皆それぞれの個性を見せ、扱っていて本当に楽しい。でもついこちらも本気出して怒ったりも。奴らを連れて四季折々、いろんな遊びをしました。

まずは家の前のスロープを利用したゴーカート滑降。四輪の模型トラックだったのですが、子供たちが扱うのにちょうど良いサイズ。これを、皆難なく乗りこなすのだから子供の運動神経はスゴイ。

次は水遊び、貝掘り。

水ぬるむ五月、野蒜の浜は入場無料なので貝獲り放題。子供たちは貝よりも砂山をつくったりトンネルを掘ったりと思い思いの遊び。そのうちバッツが干上がった砂を伝い、沖の方へ行くではありませんか。グータラなオレは遠くで叫ぶばかり。周りの大人が見かねて送り返してくれました。ありがとうございました。

同じ五月、エコーラインの開通に合わせて残雪豊富な蔵王へも何回も足を運びました。奴らに子供用のソリを持たせ、長靴もはかせて準備万端。熊野岳南斜面に見事な雪田がありました。そこがベストポイント。登っては滑降、登っては滑降の連続。幸い危険箇所はなかったので存分に楽しませることが可能でした。

それにつけても、飽きないいんですねえ。昼前にやっとこ、空腹に耐えかねてこちらに向かって来ました。熊野の頂上まで登り返し、周囲の景色を満喫しつつの昼食、皆食べた食べた、帰りの車中では高いびきでした。

魚釣りもよく行きました。ただ、娘はあまり好きでなかったらしく、二回にいっぺんくらいの合流。行くたび何かしらの成果はありました。ある時、バッツが大ナマズを釣り上げたのです。二人して大格闘の末、何とか引き揚げてみると四〇センチ近くの大物。持ち帰ったそれはその晩味噌煮となり食卓を賑わしたのです。

小登山もよくしました。印象深いのは暮れも押し詰まった夕方の宮戸行きです。午後三時過ぎ、大高森へ四人で文字通り駆け登り、頂上で吠えました。下山も駆け下りたのです。そして月浜奥の稲ヶ崎へ登り、遠く蔵王に没しようとする夕陽を皆で眺めました。絵になる風景でした。

泉ヶ岳や栗駒山も登ったのですが、女の子は少し体力不足なのか途中でぐずり、なだめながらの登山でした。でもこれに懲りたのか、彼女は爾後、山へは足を向けようとしませんでした。

遊園地　科学館へも入り浸り

海水浴は、ほぼ毎年行きました。蛤浜という浜が宮戸にあり、遠浅だったので子供にはうってつけでした。

毎年盆の頃には妹夫妻も子供を伴って帰省していましたから、たびたび姪たちともこの浜を訪れたものでした。

ただ、途中の道が細く険しい。ために妹のダンナはそこに行くのを尻込みしていたのを覚えています。けれども娘たちにせがまれ、泣く泣く同行する仕儀と相なった次第。なにぶんにも埼玉は海から遠いし、行っても大混雑の浜ですから、当地みたいにガラガラの所に来ればそれは伸び伸びできようというもの、休みの間中ここに通いづめでしたよ。

こんなふうに子供たちと接してきたのは、父の影響が大きいのです。

彼は夏には必ず海水浴に連れて行ってくれました。

秋の鳴子への紅葉狩りも欠かしませんでした。それもオレが高校に上がってからもです。存分に子供たちと遊ぶこと、それにより親子の絆がより強固になるということを、いわずもがなの姿勢で示してくれていたのでした。

オヤジ、ありがとう。子供たちはみんな素直にグレずに立派に育っていますよ。

家族旅行

勤めている時分、ボーナスの時期に合わせ、ほぼ毎年一泊二日の小旅行をしていました。温泉旅行がほとんどでしたが、印象深いものをいくつか挙げてみます。

①鷹の湯温泉（秋田県）

経営者がなんと小山田光太郎さん！　三〇年前の訪問ですから、まだご存命かなあ。

この時は長男とババ、カカ＋私の四人でした。ここは以前新田氏との早春山行の時に泊まったことがあり、その時の風呂の印象が強かったので選んだのです。

木組みの浴槽にやや熱めの湯、役内川に面したこの宿は、川のせせらぎも間近に聞こえ、いやが上にも旅情は高まるのです。

翌朝、大広間を見ると和服の展示会をやっていました。そこで当主と出会い、同じ光太郎同士奇遇を感じつつ対面、息子を見るなり、この子は長じて賢くなるんだと断言。いやはや面映ゆいの何の。

実はその後、絶えて訪っていません。なにせ単価が高くなったものですから。

②赤倉温泉湯澤屋（山形県）

ここは何度も訪れました。何といっても広い浴槽。料理も申し分なく、しかも割安料金！

カカが特にお気に入りで、早春に訪れたことも二度三度。その時は（子供たちは）スキーを楽しんだりもしました。

ある時、朝風呂にバッツ息子と入っていた時のこと、なんと全身クリカラモンモンの人がやって来たではありませんか！　息子はきれいだねなどと言ってはいても、オレは気が気でありませんでした。でも杞憂にすぎませんでした。大物は素人にはゼッタイ手を出さないのです。それでも極度の居心地の悪さを感じたオレは、即座に、しかし静かに息子を伴い風呂から上がったのでした。

③小安温泉郷（秋田県）

ここも何度も訪れました。支所などの旅行でも二度ほど利用させていただきました。ここは何といっても皆瀬川源流域の大峡谷。その川床近くの崖からなんと温泉が噴き出ている所があるのです。

名付けて大噴湯。

遊歩道の間近にあるものですから時には熱湯を浴びることもあり、大興奮。ひとしきり散策を楽しんだ後の夕食も気持ちのこもった、それは美味なものでした。

一度はここの民宿を利用したこともありましたが、それはそれは大盛テンコ盛りの食べきれぬほどの料理の山、寿司まで付いて一泊二食付き、なんと六千円也！　こちらが申し訳なくなるほどの値段でした。原価割れではなかったですよね？

民宿には大きな浴槽がなかったので（というわけでもなく）、翌日は温水プールへ。ここで体を洗ったわけではありませんよ。たまたま外は雨だったのです。

あと印象に残っているのが松葉館。アフターケアもよく、しばらく賀状などもいただきました。帰る際には土産（店の名入りマッチなど）も持たせてもらったり。

④藤七温泉（岩手県）

八幡平頂上にほど近く、日本一高所の露天風呂があることでつとに有名です。

ここには一度でいいから泊まってみたいと思っていました。本当に何度となくこの山域を訪れていながら、一度も足を運んだことがなかったのです。ついに念願叶って訪れたのが、子供たちが皆小学生の頃でした。

案内されると部屋にテレビがない、子供たちのブータレること。仕方なくフロントに行き、一台きりのテレビをほぼ独占状態にしてしまいました。他のお客様、子供に免じて許してつかーさいね。

まず風呂ということで、名物露天混浴へ繰り出しました。するとそこには若いカップルが二組、浴槽のヘリに腰を置き、我々を見るなりオナゴ共はタオルを胸に当てたのです。でも横からゴムまりを半分に切ったごとくの、まっこと張りのあるチチが望めたのです。あまりガン見もできぬので、バッツ息子と共に少し奥に入りました。

そのカップルたちはまことにあっけらかんでした。オレたちの存在などなかったのごとく、その後も振る舞い、やおらマッパ（当然ですね）のまま湯から上がると少し横を向きつつ洗体。きれいでしたね。お尻も張りがあり丸みを帯びて、何とも健全な色香。こんなん見たら夜は大変。サケの勢いも借り、隣の空き部屋でカカと一戦交じえたのでした。

翌日は周辺散策、温泉の宝庫とあって見どころに事欠きません。まず、ふけの湯で金精様に手を合わせ、次いで後生掛温泉の自然園めぐり、ここでは真っ黒な温泉卵が名物で、少しの塩辛さが絶妙。泥火山や、オナメ、モトメの悲しい伝説を秘めた黒い噴泉、マッドポット、地獄沼などをめぐると一時間。昼近く、小腹も空いてきたので東北道のＳＡで昼食をとり、帰路につきました。

⑤乳頭温泉（秋田県）

ここは一軒宿の温泉が六つもある穴場中の穴場です。当時はあまり宣伝もされておらず、いずれの宿も静かな湯治宿の風情を漂わせておりました。

その中で妙の湯を選びました。ここは、川辺に露天風呂があり、なかなかに快適。初夏のことと て時折ハルゼミや、カジカガエルの声が見事に快い。

夕食後、子供たちが観たいというのでテレビを所望。ところが訪れた日は季節外れの高温。クーラーを最大にしてたものだから（かどうか）ブレーカーが落ちたのです。数多い宿泊の中でも初めての経験でした。

帰りには、玉川温泉下流の宝仙湖へ。その妖しくも美しいエメラルドグリーンの湖水に魅せられつつも、ここが強酸性水で、戦前これが田沢湖に引かれ、クニマスなど多くの魚種が失われたことが史実に明らかな所です。

田沢湖に戻っての昼食は、ソバ班とパスタ班に分かれてのものでした。

女子供はパスタ、ババとオレはソバ。あとで聞けばパスタ組はさんざん待たされた揚げ句、味もイマイチとのこと。ま、こういうことは観光地ではありがちです。古い店構えの方がほぼ間違いありません。かといってハヤリを否定しているわけでもありません。できたら地元の人に評判を聞くのがベストかと。

辰子姫（田沢湖の伝説の）のバスト大きすぎぎんじゃねーの？　とやっかみつつ田沢湖さ

らば。

なお、山形方面の宿を利用した帰りには、ほとんど例外なくさくらんぼ狩りをしました。これは当然子供たち、カカにも大好評で、味の良い樹に当たった時など大満足。子供たちは猿顔負けの身軽さでひょいひょいと高い所に登り、ウマイやつだけ頬張っていましたな。

土産は当然さくらんぼ。それも高値なものでなく、ハネものに近い、財布にも優しいものをたんまり求め、帰路を急ぐのでした。

⑥肘折温泉（山形県）

三度ばかり訪いました。訪れるごと違う宿で、それぞれのもてなしを味わいました。気に入ったのが温泉街の南外れにある団子屋、美味なんです。行くたび、まずここをのぞいてから隣の温泉記念施設（源泉がふつふつと音を立てて湧いていました）を見て、宿で落ち着くというのが定番となりました。傷に効く湯ということで、体も程よく暖まり、なかなかの泉質でした。

帰路はいろいろ。一度、十部一峠越えをしたことがあります。このルートは葉山の西麓をかすめ、寒河江に至る三〇キロメートルほどのダートで、あまり利用する人はないとのこと。試しに入ってみると途中崖崩れがあったり、野兎が飛び出したりとけっこう楽しめるルートでしたよ、悪路はイヤという人にはあえてススメません。

⑦鳴子温泉ゆさや（宮城県）

グランドホテルといわれるような大きな旅館は、おしなべて細かいもてなしはおざなりというオレの個人的偏見から、小さな宿を選んだのです。

当たりでした。この宿はいわゆる湯守りの家系に当たり、鳴子随一の古さと品格を誇る由緒正しいところだったのです。

名に違わず湯もなかなかのもの。二つの源泉を引き入れており、一つは名付けてうなぎ湯。入ると肌がつるつるスベスベになるのです。それでもなぜかタオルを入れると真っ黒クロスケに。もう一つは単純泉でした。

夜のお膳も工夫たっぷりのもので、宿の主の心意気が強く感じられる逸品ばかり。季節折々の素材を存分に生かしつつ、創作も施すという心憎さ。すっかりトリコになったオレたちは二度、三度と訪うようになった次第。

余談ですが、バッツ息子（四日市に就職：合成ゴム屋さん）、桑名在住が、心に決めたひとを伴って訪れたのもここだったんだと。子供心にももてなしの良さ、その他が心に残っていたのでしょう。なにせ、玄関先から客室まで全て赤いジュータンでしたから、印象は強烈だったはずです。ヨメさんとは向こうの実業団卓球チームで知り合ったのだとか。もっとも、国体出場ケーケンありで、息子より格上だったそーな。

この宿の上手に温泉神社があり、その脇に滝の湯があります。

ここの湯はややぬるめで、寒い時期の利用は勇気が要ります。機会があったらぜひともまた訪れたい宿です。

青年会

昭和五〇年代初め、各地で盛んに青年会組織の立ち上げが行われました。これには、親世代は集落常会など横のつながりが強いのに対し、団塊の世代を含む若年層にはそれがなく、常に歯痒い思いを募らせていたという背景があったのです。

当地区もご多分にもれず、ほぼ各常会単位で当該組織が立ち上げられました。初めのうちは個々バラバラの活動だったのが、数年後、連合青年会構想が持ち上がり、その一環として青年運動会をやろうということになりました。

これはかつてない盛り上がりの中、にぎにぎしく挙行されました。その競技内容たるや、ビール一気呑みリレー、男女ペア二人三脚（これ、大盛り上がり！）、後ろ向き走り、当然各チーム対抗リレー、綱引き。やはり綱引きは大トリ競技だけあって、いやが応にも熱気ムンムン、ま、勝てば複数のビールケースが待ってるわけですし、よしんば負けても参加賞はちゃんと用意されておりました。

テメーの話で悪いのですが、ビール一気呑みに出場した際のこと。

女子はサイダービン三〇〇ミリリットルをまず呑むのですが、泡が邪魔してなかなか思いどおりにはなりません。ペアを組んだ美人の人妻が呑み渋っているのを、やおらオレは取り上げゴクゴクゴク。周りの参加者の呆れ顔を尻目に本番のビール。サイダーで少し後れを取っていたので、グビグビグビと目にも留まらぬ速さで飲み干し、いざゴールへ。彼女とは何とも歩度が合い、先行逃げ切り組三組をゴボウ抜きして見事一位、人妻だけど抱き合って喜びましたネ。

こんなわけで、寄るとさわると何でも酒の肴にしてしまうのも、青年会のいいところでした。子供たちはこんな親の後ろ姿を見てか見ずしてか、皆仲良しでした。

年中行事のトリを飾るのが青年祭。それぞれの会の特色を生かしつつ、様々な工夫が凝らされたものです。当会では毎回、餅をつき、地域の方々にも振る舞っていました。また子供たちも多かったのでトッケ（当たるという意味。くじ引き）、各種ゲームなど、盛りだくさん。あとは反省会という名の大宴会。


当会と隣の会のみで手作りボートレースなるものをやったこともありました。ドラム缶やタイヤチューブ、木材、厚手の発泡スチロール、果てはペットボトルなど持ち出し、思い思いの工夫を凝らし、いざ出陣。

コースは鴻ノ巣橋をスタート、大友橋ゴールの約一キロメートル。途中、泥河に転覆する者、沈するフネ、なかなか進まぬものなどいろいろとりまぜ、午前中楽しんだのでした。

面白かったのが、タイムトライアル。初めのうちはスピードを競っていたのですが、常勝組が偏ってきたのを機に一定時間を決め（参加チームには内密）、どれだけその時間に肉迫するかで順位を決める方法に改められました。これが大当たり、ゴール前でのかけ引きが何ともこっけいでした。

終わって反省会、川土手で昼飯（主にサケ）を頬張っていると、私とビール一気呑みペアを組んだ彼女のもの憂げな表情がありました。あの時、物陰で押し倒していたら……なんてヨコシマな思いを抱かせるに余りある表情でした。そう、彼女は数年前夫を交通事故で亡くし、またこのレースに岡山大の女子学生まで繰り出していたのですから、かなり刺激を受けていたことは想像に難くありません。

でも誰一人、彼女の肩に手を回そうとする人はありませんでしたネ。オレも含めて。あとのタタリを恐れていたのかしらん。内と外からのね。

他青年会との交流も盛んでした。本当に出入り自由、あーあ、ノンベの集団とは……。

こんなわけで、あれから四〇年余、既にほとんど解散してしまいましたが、往時の付き合いを土台として、当地域は皆強く深い絆で結びつけられているのですヨ。

ＰＴＡ活動

なんとオレはＰＴＡ会長までやってしまったのです。

ハズカシーの一言に尽きる一年間でした。スポーツ少年団活動に一度も顔を出さずゴメンナサイ。それでも人の話を聞くことの大切さ、面白さを肌で感じたのも事実です。それに加えて人と人とが力を合わせることの大切さを改めて悟った次第。

発端は五小（我が学び舎です）の総会時でした。なぜか司会に選ばれ、自分でいうのも何ですが、それはそれはスムーズに会を切り盛りしたのです。そして順送りを受け入れてしまったのです。お人好しだったんですね。サラリーマンがこの役をこなすことがいかに大変だったか、後で思い知るはめになろうとは。

活動にかまけて当然仕事はおざなり、同僚からは総スカン、おまけに凡ミスの連続で、その部署を追われてしまったのです。ま、落ち着き先は、そんな事情を知ってか知らずか優しく迎えてくれ、けっこう重要な仕事も任せてくれましたが。

泣き言ばかりではいけません。

地区ごとの（いわゆるブロック）活動も盛んでした。当ブロックでは夏休みにはおばけ大会、花火大会、小旅行、冬にはクリスマスパーティー、小旅行ではいろんな所に案内されました。温泉施設、ロケットセンター、今はありませんが閑上のサイクリングロードなど。

我々がイニシアチブをとった時、今までずっと禁止の憂き目を見ていた海水浴を断行したのです。念入りな下見のもと、いざ実行。場所はあの宮戸、蛤浜です。遠浅で、しかも波が低いというのも子供向けでした。親の有志は航路に面した深みの近くで、沖に行こうとする悪ガキ共の見張り。

やって良かったですね、プールとは一味違う海水と砂の感触、子供たちも屈託なくはしゃぎ回り、程なく昼飯。

午後少し時間に余裕があったのと、予算にも余裕があったので水族館へと繰り出しました。これも好評でした。

こうして親はヨレヨレだったものの、子供たちの喚声に包まれ、行事は終わったのでした。

転機

農業にのめり込んだわけ

職場にいた時代から何かしら居心地の悪さを感じていた私は、ストレス発散も兼ね、力仕事にいそしむようになりました。手始めが長芋畑の拡大です。冬ごとに耕盤が浅く、しかも底が砂岩の所を選んでツルハシを振るいました。冬に行ったのには理由があります。砂岩は比較的もろいので一冬シミらせる（凍らせる）と翌年、作土として使用可能になるのです。長芋を掘り上げ終えた畑から順次、この作業を行いました。

なぜなら父亡きあと、これまでの長芋畑は義兄に貸し出し、牧草（採草）地になっていたのですから。こんな姿を見て、「農業専従者より働く」と評した隣人もいたとか。確かに休日と早朝のみが私に与えられた農作業の時間だったのです。ま、合間には息抜きに山登りやら海釣りもやっていましたがね。

そして、これに追い打ちをかけたのが雑誌『現代農業』との出合い。記事の全てが新鮮そのものでした。従前にない視点で慣行栽培などを見直すという新感覚と工夫、とことん惚れ込んでしまいました。農作物の栽培技術についてまだまだ未熟だった私は、まさに目から鱗が何千枚はがれたか知れません。まずはやってみて、失敗したらその原因を探る。立案—実行—再検討、まるでＯＪＴの農業版でした。

曲がりなりにも相応のものが作れるようになり、一層自信を深めた私は、ここで退職後の目標を農業に絞り、着々と実践を重ねていったのでした。とはいえ、時間に限りがあるのもサラリーマン勤め故、手広く栽培技術を磨くことは叶いませんでした。そこで冬場の運動不足解消に長芋に取り組んできたのです。

在職中は多少金銭的にも恵まれていたので大量の本を買い漁りました。月々一万円、超過分は年末払いと、年に二〇万近く遣っていました。でも中身は一貫したものではなく、いわゆる雑読でした。その中で唯一継続してきたのが『現代農業』。無知につけ込まれ、別冊まで買わされて、本屋はけっこう儲かったんだろな。退職が決まった時、ひいきの本屋の番頭さんに一杯ゴチになりました。

ま、今こうしていられるのも先を見越して進むべき道を選んでいたことと、大量の雑読が雑学として身につき、生かしていけているからなのかもしれません。

趣味の拡大

生来の釣り好きでしたが、舟釣りはやるまいと心に決めていました。なぜなら出費が大きいからです。で、もっぱら陸からの投げ釣り。それが入会後八年目くらいの時、くつがえされたのです。上司から牡鹿に泊まりがけの釣行に誘われたのです。

断るわけにもいかず同行すれば、前夜は呑めや歌えのドンチャン騒ぎ、明ければ当然の宿酔、釣りなんかできるべくもありませんでした。

それでも船に乗り、込み上げるものをこらえつつ竿を出すもアタリなど皆目分からない。上げてみて初めて魚が喰ってると分かる始末。ヒサンそのものの釣果でした。帰路では居眠り運転で危うく前車に追突しそうになるなど、さんざんの舟釣りデビューでした。

それでも懲りずに続けてきたのは、やはり「釣りたい」の一念からなのでしょう。爾後、船酔いはほぼ皆無、居並ぶ先輩たちに追いつけ追いこせで今に至り、船頭に一目置かれるくらいの腕にはなってきています。

里山歩きは、小さい頃から好きでした。そんな中でワラビ、ゼンマイに始まり、秋は夕マゴ茸などを見分けることができるようになっていったのです。そしてそれが高じて複数の図鑑を手に、獲物の幅を広げてきたのです。その結果、里山、奥山の食べられる茸はだいたい見分けがつくようになりましたし、山菜のバリエーションもぐんと広くなってきました。

これに併せ、山行時はカメラは必ず持参し、茸の同定に役立てていますし、当然佳き風物、人物は遠慮なく撮らせていただいています。

音楽については、中学に端緒を発するわけですが、高校で少しく幅を広げ、大学ではアルバイトをして得たアンプで古典派、ロマン派を中心にクラシックを聴きあさったものでした。

料理についてはこんな思い出があります。

小学校の頃、父に「田仕事と料理とどっちがいいか」と問われました。当然料理の方が筋肉をあまり使わずに済むのと、まあまあ好きだったので、一も二もなくそれを選んだのです。何を作ったのか覚えていませんが、皆の口には合ったようでした。

長じて、下宿生活の折、食費節減の必要性からやむなく料理をしなければならない仕儀となるのですが、オレはありあわせのものを活用してウマイものを作るというのが信条（？）でした。

ある時、豚バラとジャガイモ、人参、コンニャク、玉葱を炒め、荒切りニンニクもぶっ込み、味噌と少量の砂糖で味付けしたものを作り、下宿の主と酒を汲み交わしたことがありました。好評でした。東京に行った友人は、これを評してゴッタ煮と。

彼とは中学以来の友人で、のちに足立区の大地主の娘の所にオムコ入りしたのです。デート（山寺）の帰りとかでオレの下宿に立ち寄った彼らは、運が悪かったですねえ、このゴッタ煮を振る舞われたのですから。そしてお相手はと見れば、まあタデ喰う虫か……お互い様ですかね。

その彼も3・11後一カ月余で早逝しました。胃ガンだったのです。このあとも彼の妻とはメール、電話などでたまにやり取りをしています。賢いしとです、いいしとにめぐり合えたんだね雄坊。

好きな詩歌や版画に囲まれつつ安らけく眠れ、合掌。

転じて、山行の時にはよほどの長旅とか荷物制限がない限り、ほぼ手料理を振る舞うことにしています。非日常の食卓とはいえ、やはり美味いものを食すに越したことはありません。毎回季節のものを中心に二、三品少し気の利いた献立で、殺風景な山小屋なりテント内なりを賑わせています。

職場を去る年の四月、前の課で一緒だったガングロ女子たちと、早春の泉ヶ岳登山をしたことがありました。グループは五人で、女子二名のそれぞれが、トンペの工学部のカレを伴って来たのです。無事登山を終え、青年の家付近でテントを張る頃には満点の星。この中の女子の一人が空を見上げ、あれがおうし座のアルデバラン、そして左上がぎょしゃ座のカペラなどと皆に話し始めたのです。

早春の星座はオリオンとおおいぬ、こいぬくらいしか知らなかったオレはカルチャーショック、オナゴを口説くにはこれもアリだと合点したのでした。果たして、カペラ、ふたご座、こいぬ座、おおいぬ座、オリオン座のリゲル、おうし座のアルデバランを結ぶと、なんと春の大六角形完成。冬の大三角（プロキオン、シリウス、ベテルギウスを結ぶ）しか知らなかったオレは、猛然と星を学ぼうという気になったのでした。

そして今では秋のペガサス、それに続くアンドロメダ、さらに東のペルセウスとシブい星座も見つけることが可能になりました。他には北斗七星、カシオペア、ケフェウスなど、ギリシア神話に出てくる古代エチオピアの王族たちの名を冠したもの、冬の明け方の東の空にはしし座など、いろいろ見つけては楽しんでいます。

そして今秋念願の、一〇〇倍ほどの天体望遠鏡入手！　まず間近に目にしたいのが、おうし座のヒアデス星団及び少し南西方のプレアデス星団、白鳥座の二重星アルビレオなど。さらにはアンドロメダ星雲など、肉眼ではなかなか見つけづらい星々を探し続けてみようと考えています。

誠に欲の深い話ですね、まさに道楽の極みです。

退職後

その後の苦悩

平成一三年九月末、私は会を追われました。新田さんも退職し、ＪＡ南三陸へ職員として編入することとなるのです。

九月中は年休消化で二〇日以上休みをもらったものの、やはり気持ちの整理は付かず、ただただ右往左往するばかり。一〇月以降の経済的困窮が目に見えていても再就職先すらなく、年金受給までの一〇年間どうやって過ごそうかと。当時、二番目と三番目の子供は共にまだ在学中、学費だってバカにならない。

九月三〇日に退職辞令を受け取り、失業保険期間一〇カ月の権利を得たものの、収入の大幅減のショックはなかなか乗り越えることができませんでした。併せて、周りの人々へのメンツでも悩みは募る。

考えているだけではどうしようもないので就活を行えども、義弟と同様、自分に馴染む仕事などあろうべくもなし。一年二年と過ぎ、四年目で退職金も底を突きました。いよいよ無収入に突入。

この頃、Nさんの働きで、とある排水機場の管理の職を得ましたが、なんと年俸四〇万、何にも足りません。仕方なく受けて四年ほど働きました。有期契約でした。四月～一〇月の。

期間外はカキ屋さんに行ったり米倉庫のかつぎ屋をしたり……。それでも学費を賄うと手許にはほとんど残りませんでした。いよいよ苦しくなり、火災共済解約、他の契約担保の借入など、まさに自転車操業。

これではいかんと警備会社に応募し糊口をしのぐのです。ここで日当八千円で四年間働きました。何とか息をつけたひとときでした。この間、妹の没後二年目、姪が一人暮らしのこととて、依頼により、秋口にババと二人で庭木の整理に行きました。

翌日、刈り払った枝類と、妹の事故時の血にまみれた衣類などの遺品を載せ、帰路につきました。後日それらを奥の草地で焼却した時、涙が止まらなくなり、大声を上げて泣き叫んだのです。なぜオレより先にと……。

ひとしきり泣くと心は静まりました。

決して忘れることのできぬ出来事なれど、いつまでもくびきを引きずっていてはお互い救われぬと考え直し、現実を直視するだけにとどめ、いくらかでも今後の糧にできるようパラダイム・シフトを図ろうとしております。

ケアホーム始末記

警備業務も三カ月を過ぎる頃、この話が降って湧いてきました。タチの悪い先輩のイビリにほとほと疲れ果てていた頃でした。

三月も半ばを過ぎた頃、K常務が勤務後の私をお茶に誘ってくれました。役員に誘われるなど何だろう、何か問題でも起こしたんだろうかなど、そちらの方ばかり気にしつつ話を聞けば、なんと新しい仕事を手伝ってくれないかとのこと。

それはいわゆるケアホームで、知的障害者の自立支援を促す事業なのだと。まさに寝耳に水でした。「君がまさに適任だ」という褒め言葉についその気になって、ホイホイと手伝うことに相なったのですが、とんでもない結末が待ち受けていようとは、その時は知る由もありませんでした。

このホームは一〇カ所あったのですが、O社協傘下のT園（特養ホーム）が、イニシアチブをとりつつ運営されていたものでした。

どういう経緯で警備会社が当該事業を請け負うことになったかといえば、この園の長たるK氏が弊社の社長に直に依頼して実現したものとのこと。しかし、ここには当然ウラがありました。

件の園長Kさん、四月に副園長と共に園を追われたのです。これはT園とO社協との醜い確執の結果でした。左遷でした。その前に何としても自分の実績として残したいがために、民間委託の名の下に、この事業の運営をなんと無資格の警備会社に委ねたのです。

まさに右も左も分からぬ我らに降って湧いたような災厄でした。本社では年間ン千万の契約とかでホクホクだったそうですが、現場としてみれば、とことん理不尽のカタマリのような仕事だったのです。だいたいにしてノウハウを教わるべき先達がゼロのところから始まったのですから、無茶もここに極まれりです。

T園に程近いビルの一角に事務所を構えた我々は、何度も何度も園詣でを繰り返し、泣きついて泣きついてどうにか仕事が軌道に乗ったのは、ひと月ほども後のことでした。

スタート時から人員不足という無謀すぎる事業着手でした。そのために最初の二週間は連続七晩夜勤などという、労基法など青くなって逃げ出すほどのとんでもない勤務体制となったのでした。

円滑に仕事を回すためには従業員は最低二二人必要でした。発足時、当該園からの移行組が一二名、どうしても一〇名足りないのです。幾度となく新聞などで求人広告を打ったものの、スタート時の人員は一八名、必ずどこかにしわ寄せがいくのは必定でした。

その後の二カ月で曲がりなりにも人員を確保し、本格軌道に乗ったのは六月も半ばを過ぎた頃でした。それでも皆グチの一言もこぼさず働いてくれたのでした。

K常務との二人三脚で何とかしてやったりと思っていた矢先の宮城岩手内陸地震、幸い被害は最小限にとどまり、人的にも無事だったのが不幸中の幸いでした。この時オレは海の上におり、全ての始末は常務一人でつけてもらったのです。手伝えなくて本当に申し訳ありませんでした。

船の上でもエンジンの振動とは明らかに異なる、ビリビリビリという小刻みな強い上下動が十数秒感じ取れたのでした。船頭に聞けば内陸部を中心に強い地震に見舞われた由、「田口っつぁんの家、ぶっつあげだどやわ（田口さんの家、ぶっ壊れたとさ）」など軽口をたたくからには、沿岸部は被害が少なかったんだろうと一安心した次第。

余談ですが、根に付く魚（ネウ、メバル、ソイなど）は、地震後は全く喰わなくなるということなのに、鰈（かれい）ときたらニブいんだか貪欲なんだか、喰い渋り全くなし。その日もかなりの釣果で沖をあとにしたのでした。

翌春の契約更改時のこと、曲がりなりにも社協からの大きな信頼を得ていた我が社は、競争入札ながらも無事落札でき、前年度の倍近くの額で継続の権利を得ることができたのです。

かくして順風満帆のごとくの事業運営でしたが、五月を過ぎるあたりからキナ臭いものが漂い始めていました。それは、当方に契約委託していたO社協本体が、労基署から是正勧告を受けたことに端を発するものでした。

聞けば、当該事業（障害者支援）のみならず、過去五年に亘り、賃金の未払いがあったとのことで、五千万の追加払いを余儀なくされたとのこと。

当時はこれが我が身に及ぶなど、毫も疑いませんでした。それでも念のためということで、本社でも県の最低賃金を基に試算したところ、我が社が請け負った事業のみで過去一年分だけでも、なんと一千万近い未払いが発生していたことが判明したのでした。

そして八月中旬、ついに運命の日を迎えることとなるのです。古川の労基署から一本の電話が入りました。当社の勤務状況に関する一連の書類を一時貸し出してほしいとの内容です。何の疑いも持たず係官に書類を託し、二週間が過ぎた頃、一通の封書が件の署から届きました。

内容はなんと是正勧告通知でした。大きくは勤務内容の見直し（労基法違反）、及び未払い賃金の追加支給についてでした。当社の上層部も動揺は隠せず、即座に未払い分の再試算と、勤務体系の是正が指示されました。

これによると未払い分は二千万円ほど、これは当然にO社協が負担すべきものでした。九月以降はこの支払いをめぐり、当社と社協との血みどろの論争、闘争に明け暮れていくのです。

体調に不安を抱えていた常務でしたが（この時既に胃はほぼ全摘出、進行性前立腺ガン治療中）、これを押しての交渉でした。双方一歩もゆずらず、あわや泥沼化かと目され始めた頃、ようやく先方は話の分かる相手を出してきました。彼はＪＲで労組の書記長まで務めたことがある由、その後はとんとん拍子でした。

それでもこの一連の交渉は熾烈を極めたもので、当然のことながら常務の体もひどくむしばまれることとなったのでした。

秋も深まる中、ようやく交渉成立、それは双方の妥協の産物でしたが、結果は、未払い分は折半、事業は社協が引き上げるという内容でした。従業員は従来どおりの勤務体制で全員引き取るとのありがたいオマケもつきました。

ある雨の夜、当該事業の終了を機に従業員全員に解雇辞令を交付しました。すすり泣く者、あるいは込み上げるものをこらえる者、それぞれに無念の思いが交錯する式でした。

そして終わりに、皆へのはなむけの言葉を常務が述べました。それは、「社協には心がない、我々には心がある。これを大切に職場が変わっても働き続けてほしい」という内容のものでした。皆感極まり、大声で泣きじゃくる人すらありました。

こうして社協とのかかわりは終焉を迎えたのです。

この三年後、常務は旅立ちました。遺影には笑みをたたえた静かな表情の彼がおりました。

どうぞ安らけくお休みください。合掌。

常務の置き土産

右往左往しつつも辛くも運営を支えてきた我々の間には、いつの間にか太い絆ができていました。それは前述の事業終了後も絶えることなく、彼の旅立ちの頃まで続いたのです。

ある時、常務の未亡人のR子さんから、こんな話を受けました。

実は二〇年ほど前、知り合いから水田一〇アールを三〇〇万で購入したが、移転登記未了とのこと、相手ものらりくらりと手続きを遅らせてきたとの由。それもそのはず、そもそもサラリーマン専業の人は農地を取得する資格がなかったからです。向こうも農業者ならそれを知っていたはずなのに、金を受領した後は知らぬ顔の半兵衛を決めこんでいたらしいのです。

常務の没後一年半ほどしてからの事でした。当該土地は所有権移転未了のまま先方の名義のままで宅地開発にかかり、その土地にかかった道路用地の代金として、先方が二百万ほど受領していたとの事実が浮上していたのでした。

農地法上の権利移転、手続きなど既に経験済みのオレにとっては、何のことはない、中に農業者を立てての代理取得の方法を取ればいいだけのことなので、その旨を彼女に告げました。なかなか分かってもらえませんでした。二、三度繰り返し、かみくだいて説明するうち、ようやく理解を示してくれました。ややあって、実はこの件に関して弁護士にも相談しているので、子供たちも同席の上、この旨説明してほしいとのこと。

六月某日、件の弁護士事務所で落ち合うこととしました。実はこの数日前、彼女の娘二人の同席を得、この件について説明し、一応の理解は得ていたのです。

そして臨んだ弁護士との会見。

さすが、弁護士。農地法の手続きはあまり明るくないと言っていたにもかかわらず、二度の繰り返しの説明で分かっていただけました。

ワッカンネーのが一人いました。娘婿の新聞記者という人物。大学生でも分かったというのに（実は法学部院生のR子さんの甥も同行していたのです）、どうして社会経験豊富なアータが分かんねーの？　社会のボクタクだか何だか知らねど、その石頭ぶりにはほとほと手を焼きました。

ついつい声を荒らげて説明したオレを評し、上から目線でモノを言ってもらっては困るだと。オメーらがワカンネーから三度以上も同じこと繰り返したんだよ、少しは人の気にもなってみろっつーの。

話の分かんねー奴に説明することほど、徒労感が募るものはないのです。ほとほと疲れ果て、名掛丁センター街で昼前からやってる一杯呑み屋でヤケ酒をひっかけ、少しカラオケで吠えて溜飲を下げた次第。

その後、その一族からは音沙汰なし。

実はこの交渉過程で、二カ月続けて携帯電話料二万以上、四万円の損害です。あとは皆様、もう十分お分かりでしょうから、どうぞ自分たちで手続きをお進めくだされたく、当方爾後ノータッチとさせていただきとう存じます。

排水機場での闘い

職場に居づらくなったオレは、二〇一一年三月初旬退職しました。

そしたら3・11です。ケアホームを継続して担っていたらと思うと、背筋の寒くなるのを覚えました。

常務も会社を退任し、やっとこ悠々自適の生活。彼も同じ思いだったとのこと。退職前に根回しをし、排水機場勤務の職を得た私は、地震の後始末から入ることとなり、四月一日から機場張り付けの日々となりました。

いやはや不自由でした。いつ来るか分からぬ指導機関、修理業者を待ちわびつつの二五日間は居心地の悪いことこの上なしでした。

四月下旬、いざ用水開始とのことで試運転をすると、各所で用水管の破損箇所が見つかり、その都度応急修理。

それでも五月を迎える前に、曲がりなりにも用水は開始できたのです。問題は排水でした。が、その時点ではエンジン、ポンプには何ら異常は見られませんでした。動かしてみても、さほどの不都合は見られません。皆少しく安心したものでした。

ところが翌年の秋の台風シーズンに大問題発覚。なんと排水樋管に重大な損傷が発生していたのです。折しも台風接近、二〇〇ミリを超える大雨の中、その事故は起こりました。排水作業中、吐水口のある土手の一角から水が勢いよく噴き始めたではありませんか。

それでも排水を中止すると水田は海になってしまい、必要上のこととて稲を水没させれば収穫皆無も懸念される中、多少の犠牲は仕方ないと噴き上げる水を無視して排水を続けたのでした。そのうち、排水側の吉田川が警戒水位を超えてしまい、排水中断命令が下ったのです。

この後が大変でした。雨は小止みになっていたものの、内水がどんどん嵩を増し、とうとう機場は床上浸水の憂き目を見るに至るのです。

それでも関係者の動きは素早く、出入り口全てに土嚢を積み上げ、外からの浸水を喰い止め、次に床からの噴き上げ水の止水のため、ここにも土嚢四つ投入（実は、床には排水用にと地下吸水槽に直結する排水口が設けられていたのです）。その上で水中ポンプなどを各穴に設置し、何としても床上浸水を食いとめようとしたのです。

努力は報われ、何とか機場内への浸水は防ぐことができたのでした。

でも入り口から一歩出ればそこは、ヒザ下くらいまで水が上がっており、二間（一八〇センチ）以上もある歩み板を渡して辛うじて外との行き来を確保するのみでした。

こうして一夜明けると周りは悲惨の一言。八・五水害（一九八六年）ほどではありませんでしたが、ポンプを動かす許可が出ないので、自然排水に任せるほかはないと誰もが思い始めていた時です。諦めるのはまだ早い、やれることは何でもやってみようとの力強い言葉を吐いた人がいました。

これにより、まず国交省のポンプ車による排水、続いて地元業者による水中ポンプ四台を設置しての全力排水により、三日を待たずして何とか稲の頭を見ることができるまでに水位を下げることができたのです。

それ以降、排水ポンプは静かに眠るのみとなったのです。

翌春、トラブルが発生しました。

排水ポンプに冷却水を投入した折、数カ所から漏水したのです。すぐさまポンプ屋に診てもらい、応急処理できるところは何とか手入れを施しましたが、どうにもならない部分が一カ所あったのです。

それはエンジンの心臓部ともいうべきターボチャージャー付近の漏水でした。放っておくとエンジンそのものの破損につながりかねないというので、交換を兼ねてオーバーホールを行う仕儀と相なった次第。

いずれにしても運転不可、何故なら、排水樋管は吉田川の堤防の下に直角に埋没されており、その亀裂から噴き出した水は堤体そのものにも甚大な損傷を与えており、調査修理終了後でなければ排水不可との通知を国交省から受けていたのですから。

その後二カ月ほどかけて二号機も併せてのオーバーホール作業は無事終了したのでした。

その年は幸いあまり大雨にも見舞われず、何とか年を越せたのです。

明けて四月、またまた機場シーズン到来。有期契約のため、四月から一〇月までは常勤となるのでした。

さて肝心の堤体、及び樋管修理ですが、五月末までには全て終えるとの事前約束とは裏腹に、六月までずれ込む始末。用水は支障なかったから良いものの、梅雨時の大雨に重大な懸念を抱いたのはオレだけではありませんでした。一度大雨に見舞われれば植えたばかりの田んぼは水没をまぬかれず、黄化萎縮病などで収穫皆無という事態も十二分に予測されたからです。

とにもかくにも工事完了を急いでもらわねばならない切迫した時期でした。曲がりなりにも試運転の許可が下りたのが六月中旬。

動かしてみるとやはり修理の甲斐があり、調子いいの何の。やはりこの腹の底に響く大馬力のディーゼルエンジンの爆音は心地良いものです（長くいると耳が痛くなるほどヤカマシイですがね）。

その年もさしたる大雨も洪水もなく静かな一年が暮れてゆきました。諸問題は次の年まとめて降りかかってきました。

まず、監視人。

これが年下にもかかわらず上から目線で物を言う奴で、あまりにしつこく迫るものだから、思わず「オメーミデナカンシニンナドイラネ！」ってタンカを切ってしまったのです。相手も常日頃からオレを良く思っていなかったらしく、「アー、ソンデハオラモヤメッカラモンクネーベ！」と売り言葉に買い言葉の応酬。

あんまりケンカしていても仕方ないのでこちらからワビを入れたものの、奴は監視人を下りたのでした。

次にカカ。

ま、酒気帯びで機場に滞在するのは禁止条項に触れるのでご法度でしたが、ある夏の日、勢いでやってしまったのです。家でのささいな小競り合いの末、酒の醒めやらぬまま機場へ。それをカカが見とがめて機場で詰め寄ってきたのです。

あんまりうるさいので、頭に来たオレは作業用のフォークを振り回し、帰れ帰れと怒鳴り始めたのです。義兄たちも駆けつけ、呆れ顔で見守る中、パトカーまで来る始末。警官になだめられ、あまり騒ぎ続けるのも大人気ないので渋々従うと、幸い注意だけで済みました。

これが雇い主の耳に入らぬわけはありません。即刻クビでした。ま、年金も少しいただいていたから失職しても何とかなりましたが、どうにも暴れもんなんですね、オレは。そして、ルールなんてクソくらえという破天荒なバカも秘めたオレなのです。

役の多さよ

こんな暴れもんにでも、役をくれる人があったのです。なんと奇特な人々なんでしょょーねー。一番多い時で七つの役を引き受けていました。

よくもこなしていたものですが、振り返れば年一回とか年数回の出席で済む役ばかりだったので、何とか回していけてたのかもしれません。けれども近年の多忙さはさにあらず、月一はおろか、月二、三回というものもあり、今夏に至って、ついに座礁してしまったのです。

皆様方には誠に申し訳なかったのですが、引き受けた限り全うする気ではおりました。にもかかわらず返上するに至ったのは、ひとえにオレの自己管理の甘さのせいです。

昨夏来、猛暑のたび、一シーズンに四、五回熱中症での点滴、重症化して救急搬送されたのが三度、恥ずかしい限りです。これに追い打ちをかけたのが食欲不振による体力減退。力仕事ができなくなっていったのでした。食うべきものを摂らないのですからエンジンが動くはずもありません。

主治医に聞けば、飲酒が全ての原因とのこと。深酒をすれば胃をやっつけ、食欲不振を招き、加えて脱水症状も悪化するので、熱中症になるのは当然すぎるとのこと。

振り返れば、不眠に悩まされていたため、事もあろうに鎮痛剤を服用の上飲酒をし、睡眠剤代わりにしていたのですから。胃も腸も痛めつけ、揚げ句水分も栄養分も吸収不可の状態が続いていたのです。

わけあって一〇月上旬から六週間余、ある施設で療養できる機会を得ました。もちろん断酒です。その甲斐あって、退所する頃には五〇代前半くらいの体調を取り戻せていたのです。まさに神の思し召しというか、本当に幸運でした。もしあのまま自宅療養を続けていても、ここまでの回復は見込めなかったでしょう。

なぜなら手許に酒がある限り、体調回復は夢のまた夢。確実にガンバコ（棺桶）に片足突っ込みつつ、もう片方も、なんて状況になってもおかしくはなかったでしょう。

早晩ヒトはあの世に召されるので、好きなものを好きなだけ喰らい、逸早く往生するのも自由かとは思う一方で、オレにはまだまだやるべきことが残っているのです。

そう、花実山の完成です。

目鼻をつける前にクタバッってしまっては元も子もありません。誰一人引き継ごうなんて奇特な人もまだ現れないのですから、もう一つの役は、自ら蹴飛ばしました。

というのもオレにセクハラ疑惑が湧き起こっていて、これを問題にした常任理事会が、オレを除名処分にしようとする動きがあるということを耳にしたからです。除名などという不名誉をこうむるくらいなら、その前に辞任した方がよっぽど潔いだろうと勝手に考えたオレは、専務に辞意を伝え、後日、理事長立ち会いのもと、届出書に記名捺印したのでした。

こうして今はというと、依然として四つ、まだ役付きです。でも、忙しいものでも二カ月に一度動けばよいという程度のものばかりなので、これは甘んじて全うせねばなりますまい。

オラの持病について

この際ですから全て吐きますので、お許しくだせえお代官さま……でもないのですが、先天性のもののもあったりとけっこう盛りだくさんです。皆様方の今後の対処法の一助にでもなればと思い、あえて記します。

①高血圧

本態性のそれとの診断です。原因は不明とのこと。遺伝的なものが強いそうで、両親もしくは祖父母にキャリアがいれば当確です。早めの受診でお薬を欠かさぬことです。

②痛風

一般にはぜいたく病と呼ばれていますが、オレみたいな貧乏人もなるのですぞ。健康診断で尿酸値が基準を超えていることが判明した時点で、かかりつけ医とご相談ください。その際、飲酒も控えめにと言われますことうけあい。

早めに対処しないと早晩、足やら手の関節に悶絶するほどの激痛が襲いかかること間違いなし、お覚悟のほどを。オレもやっちまって、右足親指の付け根が三倍くらいにはれ上がり、歩行不能になったからね。今は薬で抑えてます。

③アレルギー

以前はスギ花粉、牧草などありましたが、年と共に鈍くなったのか、発症がなくなりました。

これらは症状が出ると、ひどい鼻づまり、涙目、咳など常に泣き顔になってしまいます。お気を付けください。異変を感じたら評判の病院で検査を受けるなどし、自分の症状を的確に把握し、治療に努めてください。

④アカギレ

これ、飲酒による脱水症状が原因で惹起したものと思われます。三年程、腕の良い皮膚科に通ったのですが対症療法のみ。

つまり原因不明だったのです。それが昨夏と今夏の猛暑で熱中症に近い症状で、それぞれ数回輸液を受けたことで全快したのです。思うに体が慢性的な水分不足に陥っていたようなのです。

かかりつけ医からは、飲酒を極力控え、健康的な生活を送りなさいと釘を刺され、言いつけを守ったらあら不思議、アカギレよ、さらばでした。

いやや、本当、かかとやら足裏がザックリ裂けてしまうと、何を施そうと自由歩行が困難を極めるようになっていたのですからね。完治ののちは皮膚科にも報告しときました。主治医は半信半疑でしたがね。

あとは……頭の悪いことだけか。これは死ななきゃ治らないっていわれますから、もう諦めています。

果樹園建設

3・11のこと

この災害については多くの報道がなされていますので、ここでは身近に起こったことのみを記します。

この二日前、M7の地震があり、この時も大津波警報が出ました。が、幸い津波は来ませんでした。これに安心した人たちが今度も来る訳ねー、と高をくくり、犠牲になった方々が多いとも聞きます。現実に東松島在住だった先輩のK・Oさんもその一人で、自宅もろとも津波の直撃を受け、奥さん共々天に召されたのです。

一方我が家では、多少の食器類と玄関の戸一枚が被害にあった程度、これは地盤が強固だったのと、縦揺れのみで横揺れが少なかったことも影響していたのでしょう。

直後から季節外れの大雪、気温は真冬並み。折しも停電で暖房は石油ストーブのみ。ケータイコンロなどで簡単な夕食を作り、その晩は家族四人、茶の間でコタツに足を突っ込み、毛布をかぶるなどして一夜を過ごしました。

明ければ銀世界、昨日のことが全く嘘のような景色。されど現実は、台所は食器、ナベ、カマ散乱で足の踏み場なし。幸いたんすなどは倒れなかったので、片付けは割合スムーズでした。

停電だったので情報は全てラジオから。当時映像を目にしなくてよかったとも思っています。石油コンビナートの火災、流失家屋の惨状、加えて原発事故、恐らくトラウマが長引いたかもしれません。

その後に続くガソリン、飲料水の不足は大変なストレスでした。それでも電気は一週間後に回復したので、かなり助かりました。

余談ですが、娘はたまたま当日休み、息子は地震後すぐに避難の指示が会社から出され、五時前には帰宅、カカだけ行方不明。

実は当日押し花の教室に行っており、仙台駅で地震に遭遇、急きょ近くの先生のマンションに飛び込んだのだとか。でもそこも暖房は切れていたので、近くの工事現場の飯場で一夜を過ごした由。ストーブを囲みつつも一睡もしなかったとの事なので、翌朝迎えに行きました。幸い幹線道路は傷みが少なく、スムーズに帰宅できました。水道が使えるようになったのが一カ月後。

　改めて水のありがたさが身に染みましたし、ガソリンも少しずつながら入手可能になり、徐々に普段の生活を取り戻し始めました。そう、倒壊家屋などは当地では一軒もなかったのですから。ただ、どの家屋もいくばくかの被害を受け、半壊以上の被害認定を受けたのです。

本格作業着手

　3・11では目に見えぬ被害ももたらされました。放射能です。

　ほぼ県内全域の南に面した山々の斜面に、特に多くのセシウムを含んだ雪が積もったのです。翌日吹いた南風の影響によるものでした。これにより原木シイタケ、筍、ほぼ全ての山菜類が基準オーバーで、出荷停止を余儀なくされました。

　牧草もいうに及ばずで、義兄は借りていた採草地の放棄を決断せざるを得ませんでした。こうして五〇アールの草地が私の許に返ってきたので、かねてからの構想を具体化すべく早速行動に移りました。

以前から五アールくらい（草の生育不良地）には栗を植えさせてもらってはいましたが、今度は全てが利用可です。いずれセシウムは減ってゆくであろうから、それを見越しての計画着手でした。

手始めに赤松を二〇〇本植えました。当然茸用です。そして追加の栗、ブドウ、アーモンド、梅。作土の浅い所は桜などの花木、加えてジューンベリー、その他各種果実類を次々と植えました。

現在、収穫可能なのは、ジューンベリー、ブルーベリー、梅、李、杏、イチジク、ミニキウイ、栗、柿などです。おいおい、アーモンド、ヘーゼルナッツ類なども植え付ける予定です。

そして下草の野草、山菜類、蕗、ワラビ類、ミズ、コゴミ……大震災後四年目にして何とか軌道に乗りつつあります。

また近所に縁あって、無農薬リンゴの木を二本ゆずり受けることになりました。これもいずれ皆様にご賞味いただけるかと。今後は梨（西洋）、桃にも手を広げようと思っています。いずれも無農薬を目指す予定です。

寄る年並み故、できる限り除草作業は避けるべく、次のような手だても実行に移しております。

まず栗は大きく茂れば自ずと下草が減ってきますので、かたくり、キクザキイチゲ、シヨウジョウバカマなど、春に花を付け、栗の収穫期には枯れ上がっているような草花類の植栽を考えています。

柿の下には茗荷、夏と秋に花ミョウガがとれ、五月には茎も利用できます。この木の下は夏頃から半日陰となるので、過乾に弱い茗荷にはうってつけの場所となるでしょう（『現代農業』に紹介あり）。

また、胡桃などの下には蕗。早春のフキノトウ、次いで花茎、六月以降は葉を除いた本物の蕗が楽しめます。これは年一度晩秋の刈払いのみでいいのでグータラ可（これも『現代農業』から）。そして花木類の下草は菜の花で抑制可能です。どうして菜の花の下に草が生えづらいのかは、今後の原因究明を待つしかありませんが、花の咲く範囲は見事に更地になるのです。

これを利用しない手はありません。で、上はピンク（桃・桜・アーモンドの花です）、下は黄色のジュータンと相なる次第。これで六月の草刈りは一回パスできます。

松類も木が大きくなれば多少の枝打ちは必要ですが、その下草は年々減少していきます。併せて茸類の大発生を見ることも可能です。

ま、松葉かきは何年かごとにやらねばならんでしょうが、また、北、西向きの湿った斜面にはミズ、アイコ、葉ワサビ、シドケ、ウルイなどを植えます。南、東向きの日当たりのよい斜面はコゴミ、ワラビ、ゼンマイを植えると、これも草除け＋食材確保といいことづくめ。

あとは、敷地内にはトトキ（ツリガネニンジン）が割合多くあるので、これも増殖を進めています。そして秋には彼岸花、昔はモグラ除けに田畑の畔によく植えられていたのですが、今や絶滅危惧種に近いので、これも増殖中。

比較的乾燥する土地にはタラの木を植えています。

まだまだ工夫の余地ありですが、今後カキ棚廃竹がただで入手できることから、これをチップ化し、果樹に施したいと考えています。ま、時間をかけ、できることからすぐやることを前提に、着々と進めていこうと考えています。

今後の無謀な展望

実は我が家から見渡せる果樹園方向には、いまだ五人の権利地があり、周辺を囲まれているのです。実に邪魔なのですが、ゼニのない身ゆえ、購入もままなりません。

それでも何とか目の黒いうちに全てを自己所有にしたいという野望を抱えております。つまり東方を向くと見える所は全て自家所有地、いいですねえ。多くの人たちに足を運んでもらいたいものの、いかんせん現在駐車スペースが圧倒的に少ないのです。ですから間違っても大型バスでの団体さんでのご来訪はなさらないでください。あくまで小人数でひっそりとおいでください。

さて、目の前に田んぼがあるのですが（二〇アールほど）、これもヒトさまのもの。これを駐車場にできると、かなり利便性が高まるのですがね。いつの日か全てが我が所有地になった暁には、その全てに文字通りの花実山構想を施したいと考えています。

今は約六〇アールくらい、ごく小さなものですが、拡大後は一ヘクタールを優に超す広さとなります。彼の地のものと比し、かなり小さめですが、老いてゆく身にその管理は多分に重荷にはなりますが、草刈り以外はほぼ軽作業、ヨイヨイにならぬ限り続行可能です。

草刈り労力の軽減策として、抑草効果の高い菜の花を植栽し、蕗を植えれば秋一度のみの刈払いで済みますし、木立が大きく茂ってくれば下草も生えづらくなることなどを、着々と具体化しつつあります。

現在、私の管理する草地及び水面にはR・D・B（絶滅危惧種）が数多く生育しております。冬蕨などはその代表でしょう。できればウサギギクも増殖したい。まだ今では一般的ですが、自走式草刈機の普及により、いずれネジバナ（モジズリ）もその運命を辿るに相違ありません。この花期と草刈りの時期が全く重なるのですから。しかも土を少し削って刈るので根までも痛めつけるのです。

そして水面ではメダカ、その他の魚類、これらは水生植物などが少ないながらもその生を全うしております。

私には減反という未利用地が三〇アール近くあります。これを活用して、いわゆる追堀を作り、ドジョウやら小鮒やらを加えて、ヒシなどの増殖を計画しております。

こうして少しでも昔日の小生物たちを後世に残し、子供たちに愛でてもらうと共に地域の宝ともしてゆきたいのです。

川ニナ（貝）を増やし、ゲンジボタル舞い飛ぶ里の再現も図りたいのです。本当に二〇数年前は、家の近くの排水路は、季節ともなれば夜ごとホタルの大群が乱舞し、子供たちと追っかけっこもしたものです。今はこの風物は絶えつつあります。

一刻も早く手を打たねばならぬ時期に来ているのです。心ある方々の共鳴の声をお待ちしております。

ここでオレの死生観について記しておきます。

基本的に自己を認識できなくなったら尊厳死を選びたい。これを公正証書による遺言にし、主治医にも託すのです。

チューブだらけで、しかも自分が誰かも分からぬ状態で生き続けるなど、税金の無駄使いだし、家族にも多大な経済的精神的労苦を強いるのは火を見るより明らかなのですから、早く日本でも尊厳死法を成立させてほしいと切に願うものであります。併せ、諸センセー方の大いなる奮起も切望します。

ついでながら、私はご先祖様たちと一緒の墓に入るつもりはさらさらありません。放蕩者の祖父、実直な父、その他いろいろ一家言ある人たちばかりの中には混ざりたくないのです。

死後も気儘にのんびりしたいのです。

こういうわけで叶うならば、オレの骨（こつ）は丘の上の銀杏の根方にまいてください。樹木葬における散骨です。この木はオスなので実は付けることがないでしょうから、間違っても食物連鎖にはならんでしょうからね。

やや高みから品井沼を一望でき、西には栗駒、南西には船形の連山が望める最高のロケーションの地です。

ここで、たった一人で静かに眠りたいものです。

自分の育て上げた果樹、その他もろもろの樹々に囲まれつつ。

◎平成30年現在

7月	8月	9月	10月	11月	12月	通年その他
あじさい →	→ （バラ）	金木犀 → （バラ）	ヒペリカム もみじ類 うめもどき → （バラ）	マユミの実 つるうめもどき クマヤナギ ピラカンサ → （バラ）	クリスマスホーリー 柊 サザンカ	
ブルーベリー 梅、スモモ ラント、スグリ グミ類 夏、びっくり） もみじいちご	桃 イチジク ラズベリー サンシュユ プルーン	フデガキ 渋柿 甘柿 あけび 梨 栗	栗 イチジク ブドウ アーモンド ポポー クルミ類	ミニキウイ ヘーゼルナッツ ピーカン リンゴ各種 秋グミ	→	
アミタケ ムラサキシメジ ハタケシメジ ロオオハラ茸 ッシュルーム） キクラゲ ケノコ；真竹	ヌメリイグチ アサツキ（根茎）	アミタケ ナラタケ ショウゲンジ（稀に） 一本シメジ（ウラベニホテイシメジ）クサウラベニタケと混同せぬこと；こちらは毒 玉子茸（稀に） → キクラゲ	ミズ玉 ユリ根 カヤタケ →	シモコシ キンタケ ギンタケ ヌノビキ；シロシメジ →	天然ヒラタケ 天然えのき ナズナ →	ほかに原木きのこ類 椎茸、なめこ等
山百合 ワラケツメイ 夏菊 グラジオラス ホウセンカ	ハス 狐の剃刀 スカシユリ	秋海棠 彼岸花 秋菊 コスモス スズメ瓜	浜菊			
ロリ、シソ、山椒etc						
、冬蕨　手長蝦も導入予定！　他に貝ミジンコ、ヨシノボリ、ガムシ、ザリガニ　○カブトエビ募集中						
ベリー、ミニキウイ、ブドウ　この1月から道の駅おおさと、A&コープ松島店に出品開始　塩釜地方青果市場は従来通り						
百合、蕨、葉わさび、ウルイ、アサツキ、コゴミ、ミズ						
）、父（？）、JFK、バラク・オバマetc						

田口百姓農園花実山栽培暦

	1月	2月	3月	4月	5月	6月
（花） 花木 切花可		マンサク ロウバイ	サンシュユ レンギョウ ユキヤナギ ネコヤナギ 梅各種	コブシ 花桃 河津桜 ソメイヨシノ 枝垂れ桜 椿類 コデマリ ボケ 白モクレン	ハナミズキ ジューンベリー 桃、李、林檎、梨 ヤマフジ カイドウ、ツツジ アーモンド バラ類（FB、HT、CR、ER、OR等） ニシキギ ウツギ類	ユリノキ マユミ ブルーベリ やまぼうし 鈴蘭の木 ウワミズ桜 → マグノリア イサンボク →
（実） 果樹	漬物等、加工向けもご用意しております 生食も可				暖地桜桃 ウグイスカグラ	ジューンベリ サクランボ
（山） 山菜、キノコ等	主として嗜好品 お好みでどうぞ ナズナ 野ゼリ タンポポ （ロゼット）	→ → アサツキ →	ノビル ハコベ → → → →	コゴミ ゼンマイ アイコ ミズ ユキザサ ウルイ	ワラビ タラの芽 トトキ コシアブラ ハリギリ ウコギ タケノコ；孟宗	シオデ オオバコ タケノコ；淡
草花類	極力見るだけにま、花摘みびとは咎めず 仏花可	福寿草	水仙各種	原種チューリップ各種 ムスカリ	オダマキ類 ボタン各種 シャクヤク類	姫シャガ アイリス各
ハーブ類	バジル、レモンバーム、ローズマリー、コモンタイム、スペアミント、オレガノ、パセリ、					
絶滅危惧種 Red Data Book	蓄養中	カワニナ、メダカ、ドジョウ、ゼニタナゴ、沼蝦、縞蝦、シナイモツゴ、タガメ				
営業品目；少量ならお譲り可能		長芋類、蓮根、梅干し（減塩）、栗等　　今後は、アピオス、菊芋、アーモンド、ブル				
イグネの木々、及び植物群		杉、檜、翌檜、朴、樅、山法師、真竹、椿、キハダ、青木、等々				
趣味等	オ・シ・エ・ナ・イ♪　強いて言えばゲージツ系、野生系					
尊敬に値する人々		NO1；宮沢賢治　他にアテルイ、瀬戸内寂聴、高村光太郎、本田光太郎、光源				

8月	9月	10月	11月	12月	通年 その他	
枝豆 玉蜀黍 茄子 オクラ トマト 夏茗荷	枝豆 → → → → 秋茗荷	ブロッコリー カリフラワー さつまいも 大根 白菜 キャベツ	アピオス 自然薯 長芋類 → → →	→ → → → → →	葱類	
→	→	ジョウビタキ 白鳥 → ガン、カモ類	→ ウグイス → → ヒワ類	→ → → → →	ホオジロ スズメ ハシブトガラス トンビ セグロセキレイ ミソサザイ	オナガドリ ムクドリ ハナスイ モズ ヒバリ
カブトムシ クワガタ ミキリムシ		クスサン 各種蛾類				
→	→				ゴキブリ イエダニ ヒトノミ	シラミ
→ → → → → →	→ → → → → →	→ → → → → →	→ → → → →	→ → → → →	モグラ イタチ	イノシシ アライグマ アオダイショウ ヤマカガシ マムシ ヒナタヘビ カナヘビ

追補；畑作、訪問野鳥、昆虫類等

	1月	2月	3月	4月	5月	6月	7月
畑作	万人向け		春キャベツ	トウ立ち利用 各種葉物野菜 白菜、キャベツ 野沢菜等	アスパラガス	サヤエンドウ 馬鈴薯各種 シンシア、インカ等 ソラマメ スナック豌豆	玉葱 隠元 玉蜀黍 胡瓜
訪問野鳥	ジョウビタキ ヒワ類 白鳥 ガン、カモ類	→ ウグイス フクロウ → → →	→ → → → → →	 → ツバメ	 →	 →	 →
益虫類			モンシロチョウ モンキチョウ	→ →	アオスジアゲハ	キアゲハ カラスアゲハ	
害虫毒虫類				カッコウ虫 ババ虫	ヒドムシ ヨトウ虫 アブラムシ	イラガ	→ ツツガム
害獣類等	キツネ タヌキ 野ネズミ ホンドジカ ハクビシン	→ → → → →	→ → → → →	→ → → ツキノワグマ → →	→ → → → → →	→ → → → → →	→ → → → → →

遊びにおいでくだされ♥

エピローグ

以上のごとく、私の半世紀を綴ると共に、目指すところをるる書き綴ってはきたのですが、皆様方には理解し難い部分も多々あるかと思います。

それには実物を見ていただき、多少の説明を加えさせていただけば氷解するものと考えております。

老いの道楽と捉える向きもあるでしょうが、それも是としましょう。

遊びをせんとや生まれけむ
たはぶれせんとて生まれけむ

まさに今これを地で行っていると確信できるようになりました。要するに道楽者なんですけれどね。されど、この楽しみは独占してはいけない。地域の、ひいては（大風呂敷をおっ広げれば）日本中の心ある人々と共有してみたいのです。

果樹たちはまだまだ成長途上です。

これから一〇年後二〇年後（オレは生きてるだろーか？）、必ずや大きく枝を広げ、それは見事な花を咲かせ、季節折々にたわわに実を付ける、極楽浄土のような世界に近づくことうけあいです（かなり大げさですけど）。

いわば文字通りの桃源郷。桜、菜の花に続き桃、梨、林檎が花の華やぎを競い、初夏から夏にかけては様々な生果がたわわに実をつけ、秋には栗、柿、胡桃、ナッツ類の競宴、続いて松と竹の緑を背景に紅葉する木々、冬には純白の花をまとったごとくの木々の群れ。

まさに四季折々何らかの楽しみを見いだせるはずです。

つきましては、末永いご愛顧のほど、平身低頭の上お願いする次第です。

著者プロフィール
田口 光太郎（たぐち こうたろう）
1950年（昭和25年）生まれ
出身県：宮城県
学歴：東北大学農学部卒
職歴：宮城県信連（現農中）勤務、退職後現在に至る

イーハトーヴへの憧憬

2021年10月15日　初版第１刷発行

著　者　田口 光太郎
発行者　瓜谷 綱延
発行所　株式会社文芸社
〒160-0022　東京都新宿区新宿1－10－1
電話　03-5369-3060（代表）
03-5369-2299（販売）

印刷所　株式会社フクイン

ISBN978-4-286-22897-6
㈱ヤマハミュージックエンタテインメントホールディングス　出版許諾番号20211208P